# 公務員船頭

## 牛川の渡し物語

住田真理子

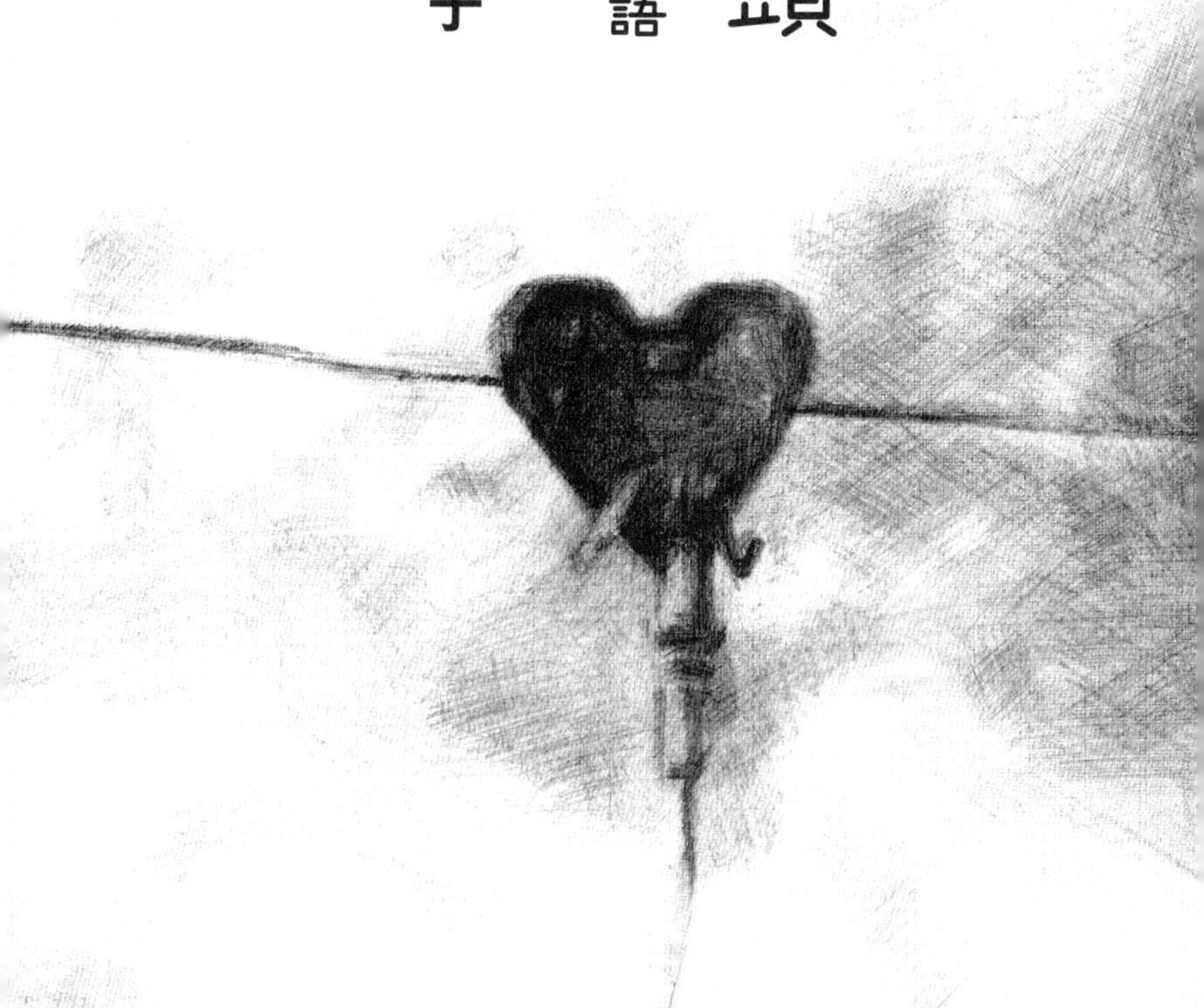

もくじ

挿絵　社本善幸

装丁　古池もも

# 第一章　千年の渡し船

「おっかぁ、手伝ってぇ〜」

一九九三年四月一日。快晴の朝。おろしたての紺のスーツに袖を通した俺は、ネクタイの結び方がわからず、庭で花の水やりをしている母親を呼んだ。

「うん、ちょっと待ちんよ」

高校を卒業してからフリーターのような暮らしをしてきた長男が、二十二歳にしてようやく就職できた喜びに、母親はホースを花壇の根元に打ち捨て、ドタドタと居間に入ってきた。

あんたそんな着古したワイシャツはだめだら、これを着ていけと母親が差し出したのは、ごたいそうなパッケージに入った、みるからに高そうな真っ白のワイシャツだった。

「ほーら、テレビで宣伝しとるだら、新発売の形状記憶シャツ。あんたのためにわざわざ買ってきたで。今日は、パリッと、これ着ていきんよ」

「ああ、うん。ほいじゃ、着替えるとすっか」

今日は俺、高津五郎の市役所初入庁という、記念すべき朝である。これも親孝行だと、そのパリパリのシャツに腕を通したが、肌触りの悪さに思わず顔をしかめた。

高校卒業間近になっても、これから何をしたらいいのか、俺の貧弱な頭では、まったく考えがまとまらなかった。小学校から高校まで、学校の成績はずっとパッとしなかったし、退屈な授業はいつも寝てた。それも机に突っ伏しての爆睡だ。で、教室でついたあだ名が〝眠り王子〟。あまりにもぐっすり熟睡しているので、どの先生も授業中の俺を起こすことをとうの昔にあきらめてた。運動神経も最悪の部類で、運動会の行進ではいつも右手右足を同時に出して歩いていたので、逆に器用だ、めずらしい奴だと、朝礼台の上の校長先生からほめられた。

自分で言うのも何だが、俺は赤ん坊の頃から色白で、目がくりくりしていて、ほっぺたが赤かった。幼い頃、母親の趣味で長髪にさせられていたせいもあって、パン屋のおかみさんとか、向かいに住む爺さんとか、俺のことを小学校低学年まで女の子だと思いこんでいた近所の人は結構多い。行きつけの散髪屋の親父なんて、俺を女児と信じて疑わず、五年間髪を切り続けていたくらいだ。中学に入ってからはニキビがぽつぽつ出来はじめ、髪も短くなり、顔はそこそこ陽に焼け、背丈も百七十センチを超えるようになって、今ではそんな子どもの頃の面影なんてまったく消えてしまったのだが。

学校の成績が最悪だった俺には、大学進学の選択肢はなかった。当時ガンダムのプラモデルを作るのに熱中していたので、高校卒業後はとりあえず静岡のプラモデル製作会社に就職した。戦闘機や軍艦のプラモデルを企画・製作している会社で、下っ端として毎日毎日、図面どおりに試作品のプラモデルを作る作業をやらされた。が、半年もすると、なぜか手がずるずるに荒れはじめ、身体じゅう真っ赤になって猛烈なかゆみに襲われた。幼児期からアトピーだったせいもあるが、プラモデル製作に欠かせない接着剤のせいでアレルギー反応が出たらしい。というわけで、仕事は嫌いではなかったが、身体が悲鳴を上げたので、一年足らずで会社を辞めた。

実家でふてくされて過ごしたが、今度は漫画家になりたいと東京行きを画策した。プラモデル会社で、さまざまなアニメのキャラクターを組み立てているうちに、こんな漫画の仕事に関われたら、と思ったのがきっかけだ。つてを頼って運良く吉祥寺に仕事場を構える漫画家のアシスタントになった。けれど断言する、漫画家のアシスタントほどハードな仕事はない。毎日の睡眠時間は四時間とれれば良いほう。朝から夜遅くまでチーフ・アシスタントの命令どおりに、ただひたすら仕事をするだけ。他に何にも考えられないような、奴隷のような月日を過ごした。

そんな生活が長く続くわけがない。やっぱり一年もたたないうちに過労死寸前の状態で豊橋へ舞い戻り、三か月間、実家で寝込んだ。寝込んでいる間に俺に元気をくれたのは、年の離れた弟、小学生の六郎がビデオテープに撮りだめしていたアニメ「クレヨンしんちゃん」だった。ソファに寝っ転がり、腹がすけばカップラーメンの麺をすすり、「クレヨンしんちゃん」を何度も繰り返し見続けた。

夢を追求するのは若者の特権だと信じて疑わない理解ある両親は、この四年間辛抱強く生活費を送金し続けてくれたが、今度は声優になりたい、ついては声優学校の学費年額百万円余を出してくれと言われた時には、さすがに堪忍袋の緒がぷつんと切れたようだった。プラモデル作家も漫画家も駄目だった。おそらく声優も駄目なのは、火を見るよりも明らかだ。そこで両親はこれまでの対応を反省し、「がんばれば夢はかなう」路線をついに放棄した。

母親は言い放った。

「何やかんや言うても、この世の中、安定した仕事が一番だで。五郎、あんた公務員になりんさい」

無口な父親もいつになく真剣な表情で、母親に呼応して、うなづいた。こうむいん、こうむいん、こうむいん、こうむいん。それから一か月間、高津家では呪術のように、両親による公務員コールが鳴り響いた。俺はいまだ声優への夢を捨て切れなかったが、両親、特に母親の迫力には、首を縦にふらざるを得なかった。

さっそく父親の裏工作が始まった。幸いにも父親は名古屋の中心部にあるお城のような愛知県庁に長年勤める県の公務員である。その父親がどのように手をまわしたのか知るよしもないが、数か月の工作期間の後、新卒でないにもかかわらず、俺はどういうわけか都合よく、地元の豊橋市役所に就職が決まったのだった。奇跡としか言いようがない。

シミやシワがくっきりクリアに見えるほど、母親の顔がぐんぐん近づいてくる。ネクタイをいじられながら、この母親もだいぶ老けたなと実感する。母親を安心させてやるのが最大の親孝行だ。でも、これが母親でなくて森高千里みたいな彼女だったらどんなにいいかと、一瞬照れる。毎朝、キスできるくらい顔を近づけてきて、心をこめてネクタイを締めてくれる彼女の微笑がまぶしい。空想の翼を羽ばたかせていると、「あんた、なに朝からにやけとんの。今日から社会人だもんで、もうちっとしゃきっとしりんよ！」と、思いきり背中をどつかれた。

ネクタイをちゃんと締めるなんて、成人式以来だ。

「首の圧迫感が気になるなあ」と訴えると、母親はとりあわず「そんなん、毎日のことだで。すぐに慣れるら」と豪快に笑った。

ホワイトカラーの公務員。憧れの公務員。こうむいん、こうむいん。朝九時から夕方五時までの、規則正しい勤め人。何にもむずかしいことを考えずに、ただ忠実に真面目に言われたことだけの仕事をこなしていれば万事オーケーな公務員。この四年間いろいろ回り道をしたが、結局最後は安定した人生を選んだのだ、まあ、そんな人生も悪くないんじゃないかと、俺は真新しい革靴に足をすべらせた。

「ほんじゃ、言ってきまーす！」

「がんばりんよ」と、母親がおにぎりの入った弁当袋を手渡す。

これが江戸時代の昔だったら、門口で前掛け姿の御内儀が、懐から火打ち石を取り出してパンパンッと威勢よく打ち鳴らすのだろう。どこから見てもおばちゃん体型の母親は、太い二の腕をさらし、門の前でちぎれんばかりに手を降っている。あまりの恥ずかしさに、そそくさと自転車に飛び乗った。

自宅から市役所までは、ペダルをこいで三十分足らずの距離だ。職場と家が近いのは、何といってもラクだ。実家暮らしだから、給料もガッポリたまるだろう。週末の休みには、自転車でサイクリングしたり、地元にいる仲間たちと趣味のバンド活動も再開できるかもしれないと考え、自然と笑みがこぼれるのだった。

どうせなら車の少ない道をと思い、混雑する道路を避けて、豊川の堤防上の道を走っていくことにした。川面を渡る風が、長めの頭髪をなびかせて気持ちいい。下の畑では、収穫し忘れたブロッコリーの黄色い花が咲いている。空のてっぺんでヒバリが鳴いていたかと思ったら、急降下してレンゲ畑に突っ込んだ。驚いたのか、スズメの群れが一斉に飛び立っていく。

両岸の桜はこれ以上ない見事な咲きっぷりで、時おり吹く風に花びらが舞う。軽快にペダルをこぐ俺の肩に、大量の桜吹雪が降り注いだ。

「うひょひょーっ」

自分でも意味不明な声を上げながら、のんびりとした川沿いの道を自転車を走らせていく。

高校卒業後、青春の彷徨を繰り返し、静岡や東京という都会に暮らしていたせいで、クルマの免許を取得する機会がなく現在に至っている。十八歳になるとすぐに車校（しゃこう・自動車学校のこと）に通って免許を取るのが当たり前の東三河ゆえに、帰省するたびに「おまえ、まだチャリ乗っとるだかん？」と、同級生たちからさんざん馬鹿にされていた。だが渋滞する国道を尻目に、鼻歌混じりで快適に通勤できる便利さにほくそ笑む。そして雨の日は濡れるのが嫌だから母親に車で送迎してもらおうと、甘えたことを考えた。

家から市役所までの間の豊川は、下条・牛川あたりで右に左に蛇行を繰り返す。水止めの杭には上流から流れてきた枝や草がからまっている。真下に目をやると、岸辺に一艘の船がつながれていた。川べりの作業小屋近くに、菅笠をかぶった痩せた爺さんがひとり、ぽつんと立っているのが見えた。


入庁式は市役所の講堂で行われ、真新しい背広姿の青年たちを前に、市長の話が長々と続いた。型通りのセレモニーが終わり、俺は新入職員の一人として土木管理課に配属されることになった。この課に配属された新人は、俺ひとりだけだった。担当の課長は小柳津《おやいづ》という、目尻の垂れ下がった初老の男だった。

「高津くん、土木管理課って何するところでしょう?」

「はあ」

まぶたの肉の重みで垂れ下がった細い目は、どことなくお地蔵さんを思い起こさせた。小柳津課長は俺の返事を待つことなく「文字通り、土木を管理するところでーす」と言い、ひとりで「ひゃっひゃっひゃっ」と笑った。それから、表情を一変すると「ほな、高津くん、行こまい」と腰をあげた。俺は課長の背中を追いかけて、市役所地下の駐車場に向かった。課長は車体に豊橋市役所と書かれた白い軽自動車に乗り込むと、エンジンをかけ車を発進させた。

　助手席に座ってかしこまりながら、俺は課長の顔色を窺って尋ねた。

「あのー、どこ行くんですか？」

「牛川地区の道路扱いの輸送の現場。これから君に担当してもらうとこだで」

「はあ？」

　道路扱いの輸送の現場？　何のことだかさっぱり見当がつかない。お地蔵さんは、それから無口な石地蔵に変貌した。市役所を出てからものの数分、あっという間に到着した場所は、今朝自転車で通りすぎた豊川べりだった。砂利を敷き詰めた駐車場に車を停めると、課長はずんずん河川敷に降りて行く。船着き場には、所在なさげに一艘の平らな船がぽつんと係留されている。船の周囲には誰もいない。

「またどっかで油を売っとるな、あの爺さん」

　小柳津課長はそうつぶやくと、目の前にぶらさがっている木の板を力いっぱいカーンと叩いた。

　作業小屋の裏から、痩せて小柄な老人がぬらりと出てきた。左足を軽く引きずっている。菅笠の下の顔は、四月だというのにすでに日焼けで真っ黒だ。

「ちーっと、裏で、草をむしっとったでのん」

　爺さんはばつが悪そうな表情で、課長に向かってぴょこっと頭を下げる。だが、俺の姿に気づくと、とたんに不審者を見る目つきになった。

「今日、市役所に入庁した新人の高津五郎くん。船井さん、この子、あんたに任せるで、よろしく頼むわ」

任すといっても、こんなよぼよぼの爺さんに、一体何を？

「高津くん、この人は船井徳造さんといって、ここの渡しの船頭さん。最初の一週間は、船井さんから船の操縦技術を学んでください。来週一週間は練習期間とし、さ来週からは、ひとりで担当してもらうでな」

えっ？　一瞬、頭の中が真っ白になった。

「パートで船頭してた人が、突然やめてな。船井さんも年が年だで、毎日働くんはきつい。耳も遠いしな。ほいだもんで、若い君にここの仕事を頼もうと思ってなあ」

呆然としている俺にかまわず、小柳津課長の話はどんどん続く。

「とりあえず火木土は船井さんの担当。月水金日は高津君に船頭をやってもらう」

「え、でも、俺、いや、ワタクシ船頭なんか、やったことないですし……」

「だもんでこれから、練習してもらうだ。船頭歴六十年の徳造さんについて、みっちりとな」

菅笠をとった爺さんの頭は、昔の記録写真でしか見かけないような胡麻塩頭だった。しわだらけの顔の中に目と鼻と口がちんまり埋まっている。船頭歴六十年って。この爺さん、いったい何歳なんだ？

「頼むで、高津くん」

小柳津課長は、無表情な石地蔵になって宣言した。

「これは職務命令だよ、高津くん」

それから三人で、薄暗い作業小屋に入った。部屋の中央には大きな作業用のテーブルがあり、その周囲には薄汚れたパイプ椅子が散らばっている。奥の方にはテレビを囲んで座面の破れた大きなソファがあり、サイドテーブルの上には飲みかけのコーヒー缶や灰皿、週刊誌、スポーツ新聞などが雑然と乗っている。

「説明するより、まあちいっとこれを見たら、だいたいのことが分かるら」

座面が沈み込む黒いソファに座らされ、いきなり観光ビデオを見せられた。山や川、自然の映像とともに、女性ナレーターの落ち着いた声が、涼やかな言葉を発しはじめた。

『愛知県奥三河。段戸《だんど》山塊に水源を発する本谷川と澄川が出会い寒狭《かんさ》川となり、さらに古戦場の地・長篠で宇連《うれ》川と合流し、東三河の中心を流れる川が豊川です。東三河の母なる川、豊川は、新城、豊川のまちを流れ、豊橋の市街地から海へと注ぎ込んでいます。河口から七キロほど上流に入った場所に、牛川の渡しがあります。このあたりは大曲という地名からも分かるように、豊川が大蛇のようにに曲がりくねっています。水の透明度は四万十川より高いというのが自慢で、ふだんは水の流れもゆったりとおだやかです。しかし、いったん洪水になると、水量が多く、たびたび氾濫をおこします。台風の時、川岸の番小屋の二階まで水が来たことがあると、船頭さんの証言もあります』

このシーンで、ここの爺さんの顔がいきなりアップで登場したので俺は驚き、思わずのけぞった。

『洗島と呼ばれるこの場所は水流が激しく、昔から豊川の難所といわれてきました。近くには霞堤があり、洪水の時はわざと川の水をここに流し、豊橋の街への流入を防いでいたほどです。流れが速く、橋を架けてもすぐに流されてしまうので、この場所では昔から橋がありません。ですから今でも、渡し船が活躍しているのです。豊川の渡しは平安時代からあると言われていますが、渡し船自体は道路の扱いであり、路線名は市道牛川町・大村町二四四号線で、豊橋市役所土木管理課の管轄です。朝七時から夜七時までの時間内なら、いつでも誰でも無料で渡し船に乗ることができます。渡し船には、時刻表はありません。客は直接船頭に声をかけるか、対岸から木の板を叩いて船に乗りたい意志を伝えます。通勤通学に使う人以外は、買い物の足、ウォーキングや散歩に使う人がいます。牛川の渡しは、このように地域の人々から愛され続け……』

おもむろに小柳津課長が腰をかがめ、リモコンのスイッチを切ったので、観光案内ビデオは中途半端なところでぶつっと切れた。

「……というわけじゃんね。高津くん。牛川の渡しについて、これでだいたい分かっただら?」

そう言いながら、課長は俺の顔をのぞきこんだ。

「光栄だら？　郷土のほまれだら？　君はこれから千年の歴史をもつ渡し船、その船頭になるだでね。まあ、がんばりんよ」

何だか、罠にはめられたような気がする。船頭なんて、冗談じゃない。かっこ悪い。

帰宅するなり母親が「どうだった？　市役所初日は？」と根掘り葉掘り聞いてきたが、「建設部土木管理課に配属された。なーんか道路を管理する部署らしい」と言って、適当にごまかした。

翌日から、俺の船頭修業が始まった。

初日は市役所に寄ってからタイムカードを押し、ギーコギーコ大きな音がする整備不良の公用自転車に乗って、船着き場まで通勤した。昨日ビデオを見せられた小屋が、船頭の事務所兼休憩室になっている。テーブルの上には、爺さんの私物だろう、とよはし競輪の予想表、吸殻のいっぱいつまった灰皿、オロナミンCの瓶やコーヒー缶、湯飲みなんかが雑然と置かれている。薄汚れた壁には、水難救助の感謝状が押しピンで無造作に貼ってある。テーブルと椅子の奥はカーテンで仕切られており、その奥が更衣室だった。

俺はそそくさと更衣室のカーテンを閉め、スーツを脱いでハンガーにかけた。灰色の作業着の上下に着替えて、黒いゴム長靴をはく。まったく知り合いには見られたくない、恐ろしください格好だ。

カバンから真新しい野球帽をとり出して、目深にかぶった。わざわざ名古屋まで行って買ってきたニューヨーク・ヤンキースの公式キャップだ。爺さんみたいに菅笠じゃないところが、俺のせめてもの矜持だ。そして首には、今年発足したばかりのJリーグの公式スポーツタオル。地味すぎる作業着での唯一のアクセントが、大リーグの野球帽と首に巻いたスポーツタオルなのだ。

岸辺に降りていくと、爺さんは船着き場にしゃがみこんで何やら作業をしていたが、俺に気がつくと厳しい顔になった。

「朝の支度は、もっとぱぱっとする。まあ、今日は初日だで、大目にみてやりゃあ」

「はあ」

それから、頭のてっぺんからつま先まで、ねばりつくような目つきでじろじろ見られた。

「なんだん、その帽子は」

「はい、ニューヨーク・ヤンキースです」

「なんや知らんが、船頭らしくないな」

「いいじゃないですか、帽子なんか。何かぶったって」

ああ、いちいちうるさいジジイだ。野球帽をかぶり直し、そっぽを向いた。

夜半の雨で、豊川の水は増水していた。流れを抑制するための護岸の大きな杭に、何やら茶色いものがごちゃごちゃからみついている。

「うちら船頭はなあ、仕事を始める前に、船着き場をきれいな状態にするだ。まずは、掃除をせんとな。

船を出すのは、それからだで」

　爺さんは大きな声でそう言うと、ぐいっとブリキのバケツを差し出した。今どき金物屋でしか売っていないような、古びたブリキのバケツだ。

「ほれ、船着き場に流れ着いた枝やら草やら、いっぱいからみついとるで。あれをきれいに片づけるだ」

　コンクリートの護岸や周辺にたまっているゴミを、手で集めろということらしい。それにしても、この爺さん、やたら声が大きいのに閉口する。年齢のせいで、耳が遠いのか？

「ゴム手袋ありますか？　俺、汚いものにさわると、手が荒れるたちなんで……」

　爺さんはあきれ顔をしながらも、物置から作業用の手袋を持ってきて俺に渡した。からみあった枝や葦の残骸には、真っ黒な泥がこびりついている。うえっ汚い。顔をしかめながら、しぶしぶ掃除を続けた。

「掃除、終わりました」

　ブリキのバケツ三杯ぶんのゴミを見せに行くと、爺さんは意外なことを言った。

「流せっ」

「流せって、どこへ？」

「どこって、川に決まっとろうが」

突っ立っている俺からバケツをひったくった爺さんは、大胆にも中身をすべて川に投げ入れた。

「え、いいんですか？　また川に流しちゃって」

「ええだ、ええだ。昔からこうやっとるで。そのままどっかへ流れていくだ」

この爺さん、やることが、わりとワイルドだ。

掃除が終わると、爺さんは船を出す手順を説明した。

「ほれ、空を見てみぃ。川を横断してワイヤーがあるだら」

爺さんが指さす方向を見た。なるほど、確かに川をまたいで黒いワイヤーがかかっている。滑車の部分は赤く、なぜかハートの形に見える。

「客が来たら、岸につないであるワイヤーをはずして、上のワイヤーにつけかえるだ。ここが大事だ。しっかり確認せえよ」

なーるほど。どうやら、船が流されて行方不明にならないように、乗船中はこのワイヤーにつないでおくらしい。万一流されても、ワイヤーがあるからそう遠くにはいかないという、一種の安全装置なんだろう。

「伊勢湾台風の時だったかのん。強風と大水で、船が流されかけて大騒ぎになった時があったでなあ。それ以来、安全のためにワイヤーがついただ。このワイヤーはなあ、岐阜の岡田ちゅう人が考えついたもんでの、岡田式ワイヤーと言うだ」

伊勢湾台風って、いつの話だ？　ワイヤーが岡田式？　はてなマークが蝶のように、俺のまわりを飛びまわる。爺さんは仁王立ちになると、竹で出来た長い棒のようなものを取り出した。ものすごく長い。十メートルくらいありそうだ。

「この棹《さお》を使って、船着き場まで船を誘導するだ」

えっ、棹！　人力で船を動かす？　いまどき、そんな船があるのか、この現代に？

「俺、棹って、実物はじめて見ました」と言うと、老人の眉毛がひくっと上がった。

「棹を知らんとは、……お前は宇宙人か」

むかっとしたが、平静を装い黙っていた。

「平安時代の昔から、ここの渡しじゃ棹いっぽんで操っとる。ビデオで言うとっただら」

へ、平安時代からそのまま？　千年もの間、技術革新がまったくないとは……。

呆然としている俺に、爺さんは「棹の使い方、今からやってみせるから、そこでよーく見ときん」と怒鳴った。

爺さんはするすると棹を川に差し入れては、軽快な動きで軽く押し、差し入れては押し、を繰り返す。二、三回その動きをしただけで、簡単に船着き場に着岸した。そんなに強い力は必要ないみたいだ。よぼよぼの爺さんでもやれてる。これなら俺にも出来そうだと思った。

それから爺さんは、おもむろに船の説明をはじめた。

「この船はちぎり丸という名前でなあ、昭和五十七年に作られた強化プラスチック製で、最新鋭の船だ。その前は木製の船だったがの。〝ちぎり〟ちゅうのは、豊橋市のマークだぞん。知っとったかん？」

「知りません」

爺さんは俺をにらむと「お前、いちおう市役所の職員だで。それくらい知っとけ」と言った。

ふーん。就航して十一年か。さすがに船は平安時代に建造された船じゃないんですねえと、皮肉のひとつも言いたくなる。船の中央には、向かい合って水色と白の座席が十席並んでいる。駅の待合室にあるような、可愛らしい小さな椅子だ。

「昔使ってた古い木造船も、一応ほかずに置いてある。まあ、緊急事態以外は使うこともないとは思うが。ほれ、あそこに係留しとる、あれな」

爺さんはそう言って、少し離れた場所をアゴで示した。なるほど、ヨシの群落の影に、黒っぽいボロ船が見える。

「ちぎり丸にはな、ちゃーん前と後ろがある。分かるかん？」

俺は、船を観察した。前の方がちょっと細くなっている。後ろの方が幅が広い。俺は小学生の優等生のような声で答えた。

「前より後ろの方が、幅が広いです」

「そうだ。後ろの方が幅が広くて平べったい。なんで平べったいか、分かるかん？」

「分かりません」

「即答せんで、ちーとは考えろ。昔は普通に荷車や牛を乗せとったからな。船は平らじゃないと困るで」

「へえー、牛も乗ったんですか。それで牛川の渡し、なんちゃって。牛車も走っていたんですかあ？」

「あほか。牛といっても、畑で使う牛だ。鋤をつけて牛にひかせて畑の土を耕すだ」

　まっ黒い大きな牛がモーッと鳴きながら、ちぎり丸に乗って水面を進む光景を想像した。ちょっと笑えてくる。

「昔はなあー」と、爺さんの大きな声が川面に響く。

「牛川の集落から対岸の大村の畑へ、百姓が牛を連れて渡し船で通っとっただ。牛は今の耕耘機の代わりな。そいだもんだい、船が平らなのはなあ、牛がウンコするだら、船の上で。そのウンコをサッと川へ払い落とすのに便利だら。後ろが広いと」

　二十二年間豊橋で生まれ育ってきたが、俺には知らないことが多すぎると思った。

　そうこうしているうちに、対岸の大村の雑木林の中から黒い人影が現われた。茶色いジャケットを着てメガネをかけた三十代くらいの男と、もうすこし若い、作業服を着た工員風の青年だ。工員は古びた自転車を押している。金属の札を打つカキーンという音が、朝の空気を切り裂いた。

「おはようございます。お願いしまーす」

ジャケットの男が愛想よく、爺さんに声をかけた。隣の青年は無愛想な顔でじっと自転車にもたれかかっている。

爺さんは「おう」と返事し、ちぎり丸は朝の光の中をゆるゆると動き出した。対岸の二人の男の顔が近づいてくる。船がゆっくり船着き場に着くと、男たちは慣れた動作で乗り込んできた。

爺さんは俺の方をあごでしゃくって「コイツは見習い。船頭修業中だで」と紹介した。

二人の男の目が輝いて「へえー」と声が漏れた。ジャケットを着た男が「後継者ができて良かったですねえ、徳造さん」と、笑顔になった。

「さあー、ものになるだか、どうか……」

爺さんはそっけなく答え、黙々と川底に棹を差している。五分もしないうちに、船は牛川側へ到着した。

ジャケットの男は船を降りる時「きみ、がんばってね」と声をかけてくれた。遠ざかる背中を見ながら、爺さんが解説する。

「吉川先生ちゅうて、少し先にある中学校の先生だで。毎朝、通勤で乗ってくる客は、みんな顔見知り」

ポケットに両手を突っ込んだままの無愛想な青年は哲男といい、対岸の自動車部品工場で働いているという。

その後も、作業員風の男、パートに出かける主婦、競輪場に遊びに行く爺さん、病院に通う婆さんなど、いろいろな客がやって来た。浜やんと呼ばれている中年の男は、近くの竹林から掘り出してきたという筍を、乗客みんなに気前よく配っていた。自転車通学の高校生も五、六人いた。にぎやかな女子高生たちに囲まれるのは、何だかきまりが悪かった。が、「お兄さん、がんばってねえー」と黄色い声に包まれて、ちょっとはやる気になってきた。早く船頭の仕事をおぼえて、彼女たちにいいところを見せてやらねば。

通勤通学の人波がいったん途切れる頃から、客の合間を見て、俺の船頭修業が始まった。

「これから船の動かし方を教えるでな。よーく見ときん」と言いながら、爺さんは棹を見せた。

「棹の先っぽが金属になっとるだら？　いったん水面から先端を出し、右手で軽く握ったまま左手だけをパーにして川底へスッと落とすだ。川底に棹がささったら、棹をしっかり持って握り棒を登っていくみたいに両手でたぐり寄せる。ほら、こんな風に。簡単だら。いっぺんやってみりん」

船べりに立ち、言われたとおりにやってみる。左手をパーにして棹を落としたら、力を抜きすぎたのか、棹全体が川の中へぽちゃんと落ちた。

「何やっとるだ！」

爺さんは素早く屈んで棹を拾いあげた。齢七十二とは信じられない素早い動作だった。

「この、たわけがっ！」

怒鳴り声に、身がすくんだ。

「棹を川に落とす奴がおるかっ。流されてしもたら、どうするだ。棹にまでワイヤーはついとらんでの！」

心臓が縮こまっている俺を見て、爺さんは少し気の毒に思ったのか、「もういい。今日のところはわしのやること、よう見ときん」と言いながら、するすると船を動かしはじめた。


船頭修業二日目は、土曜日だった。今日も客の合間をぬって、船を動かす特訓だ。

「なんや、そのへっぴり腰は。もっと腰、入れんかいっ」

川面に容赦なく、爺さんの罵声が飛ぶ。

「腕が下がってきとるだ。気合い入れんと、船がどんどん流されていくだ」

棹を川底にスッと落としてから、ぐっと船を動かすには、握り棒の要領でどんどん上の方を手でたぐり寄せる。この動作の繰り返しは永遠に終わることのない連続運動のように思えた。

あの時とまったく同じだ。どこの小学校にもある、校庭の端っこにある登り棒。登り棒は、青空の中にスッと真っ直ぐにのびている。ピーッという体育教師の笛の音を合図に、赤白帽をかぶった子どもたちは、思いっきりジャンプして棒にしがみつく。空の青さが目に痛い。登り棒の先端まで、とてつもなく遠い。が、他の子たちは何の魔法を使っているのか、スルスルと苦もなく登っていく。

重力に逆らえない俺だけが、ずるずるずると地上に落ちていく。お山の大将、頂上にいる奴らが一番えらい。てっぺんまで登った天空の子どもたちは猿のような奇声を発しながら、地べたの豚を軽蔑する。何で人間は、こんなもんを作ったんだろう。どんな高いところでも、全力でがんばったら登ることができる、やればできる、努力すれば何だって出来ると先生は言うが、それは間違いだ。この世の中、がんばっても、どうにも駄目なことはいっぱいあるんだ。

妄想にふけっていて、危うくまた棹を川に流しそうになった。

「あー、何やっとるだ」

はあはあと息が切れて、爺さんの叱責に反論できない。家に帰りたい。船頭なんて、無理だ。デスクワークと思って市役所に入ったのに、まさかこんなことをやらされるとは。何で、よぼよぼの爺さんに馬鹿にされ続けなきゃいけないんだ。

川は遠くから眺めると静かな鏡のようで平和そのものだが、遠くから眺めるのと、実際に川の中に入ってみるのとでは、まったくちがう表情をみせる。手元の棹の操作にばかり気をとられていて、遠くへ視線を移す余裕なんてほとんどない。今すぐ河畔林の奥深くへ逃げこみたい。林の奥からおだやかな気持ちで、遠くの川を眺めたい。

「高津、おまえ、そうとう不器用だな。こりゃ独り立ちするまで、かなり練習せんといかんなあ」

爺さんが深いため息をついたところで、堤の上からクルマの爆音が響いた。駐車場の砂利を蹴散らしながら派手な深紅のアメ車が停まり、運転席から肩をいからせた男が出てきた。その大柄な男のシルエットを見て、俺はとっさに作業小屋の陰に身を隠した。

迷彩服に黒いブーツ、ヘルメットを小脇に抱えた男は、ゆっくり船に近づいてくる。肩には黒く光る銃を背負っている。

「じいさん、また、たのんます」

「あいよっ」

爺さんは慣れた様子で、船着き場にちぎり丸を寄せた。男は素早く乗船すると、椅子にどっかと腰をおろす。小さな椅子から、尻が大きくはみ出している。

「あいつ、どこ行ったずら。仕事もせんで」

船を出しながら、爺さんが大声を出した。

「おーい、高津！　一緒に船に乗って実習せんかあ。さぼっとると課長に言いつけるでのーっ」

しまったと思ったが、仕方ない。観念して小屋の陰から出た。大柄な男のサングラスの奥の目がキラッと光った。

「おー、五郎じゃん。何でお前がここにおる?」

「お前こそ、何でここに」

「ああ、ちょっと向こう岸まで、船に乗せてもらおうと思ってな」

　このいかつい奴は、荒川龍一といい、高校の時の同級生で学年一の不良だった男だ。ガクランの裏には極彩色の龍の刺繍、つんつんのリーゼントだったが、今はさっぱり刈り込んだGIカットになっている。親は老津で牛三百頭を飼っている畜産農家で、まあ金持ちのドラ息子といっていい。その龍一が俺を見て、ぎゃははと笑い転げている。サングラスをとった時の目の小ささは、相変わらずだ。

「おまえ、ここの船頭になっただかん。こりゃ傑作だ！」

　明日には、いや今日中に、俺が船頭やってることが同級生に知れわたるだろう。最悪の状況だ。

「対岸にサバイバルゲームの聖地があるじゃんね。最近そこへ通っとる」

「何だ、それ？」

「エアソフトガンとBB弾を使って戦うだに」と言いながら、龍一は自慢気に背中の銃を見せた。はーん、聞いたことがある。たしか敵味方に分かれてお互いを撃ち合い、弾に当たったら失格となるようなルールじゃなかったか。

「それにしても、わざわざ船に乗って？　遠まわりでも、あのクルマで直接行きゃあいいのに」

「分かっとらんのう。船に乗っていくから、カッコいいだら。宮本武蔵みたいだら？」

　対岸に船をつけると、龍一は肩をいからせながら「あばよ！」と竹薮の中へと姿を消した。大きな背中からは、はりつめた緊張感が漂っていた。なんだか、ほんとうの戦場へ行くみたいだ。

　船を牛川側に戻しながら、爺さんが言う。

「あんたら、知りあいだったかん」

「高校の同級生で。あいつ、よく来るんですか?」

「ほうよ。時々、あの派手なクルマで乗りつけてくるだ。わしゃゴルゴと呼んどるがの。対岸の大村に、何や知らんが子どもたちが戦争ごっこをする場所があるとかで、ああやってオモチャの銃をかかえて足しげく通っとるだよ」

　それから二時間後、船着き場に姿を現した龍一の様子を見て、驚いた。ヘルメットをだらしなく頭に垂らし、戦闘服はよれよれで、荒ぶる龍からうなだれる子鼠へと変貌していた。船よび鐘を打つ音も、コンと小さく精気がない。

　爺さんは、ゆっくり船を岸に近づけていく。

「ゴルゴ、どうしただん?」

「今日もまた、やられた。対戦チームに、ど強いスナイパーがおってな」

「へえ?」

「細くてどちっこい身体してんのに、確実に狙って撃ってきやがる。ゼロ勝五敗だ」

　ちぎり丸の座席に力なく腰をおろした龍一は、はあーっと大きなため息をついた。

「いつかきっと、あいつを倒す。あいつを倒すまで、俺の戦いは果てしなく続く」

アメ車のエンジン音を響かせながら「また来るで」と言い残し、嵐のように龍一は去っていった。

毎朝、スーツを着てネクタイを締め、六時半頃に出勤している。渡し船の船頭をやってることは誰にも内緒だ。両親は俺が事務職系ホワイトカラーの仕事に従事してると思い込んでいるはずだ。

それなのに今朝、メロンパンをくわえながら慌ただしく出勤する俺に、母親は鋭い言葉を投げつけた。

「一日中、市役所で机に向かってるわりには、あんた最近ものすごく日焼けしてない？」

「ケホッ」

不意打ちの言葉に、激しく咳き込む。メロンパンのかけらが喉につまったらしい。

「洗濯カゴに放りこんどる作業着は、いっつもびしょびしょに濡れとるし……」

「はは、土木管理課ってさあ、外の現場に行くことが多いんだよなあ。作業着も汚れるし。あはは……」

父親は黙って横でコーヒーをすすっている。母親がますます不審の目を向ける。

「あんた、土木管理課で何を担当しとるんだっけ？」

「ど、道路上の輸送業務、とか」

「何だい、そりゃあ？」

やばい、そのうちばれるかもしれない。朝食もそこそこに、あたふたと玄関を飛び出した。

船頭修業は今日で五日目になる。

豊川の上流の正面には、なだらかな三角形をした石巻山が見える。石灰岩でできた山で、鉄梯子と鎖を使って登る頂上からは、豊橋の街が一望だ。中腹に傷がついたように白っぽく見えているのは数件の旅館で、そういえば昔、小学生の頃に家族四人で泊まりに行ったことがある。

五日目にしてようやく棹の操作に慣れてきたせいか、少しはまわりの風景を見る余裕が出てきたようだ。

牛川の渡しの牛川側は豊橋の市街地に通じ、河川敷からすぐのところに女子大がある。そのせいか、ジーパン姿の女子大生たちが時おり河川敷を歩いたり、弁当を食べている姿を目にする。だけど渡し船で通学してくる子は、ただのひとりもいない。きっと、渡し船なんて古くさくてカッコ悪いと思っているんだろう。ひとりくらい女子大生の客がいても、よさそうなものなのに。

一方の大村側は、人家もまばらな田園地帯で、ナスやトウモロコシの畑が広がっている。ビニール温室の中では、真っ赤な二十日大根が小さな赤玉をのぞかせている。大村産のラディッシュは、なぜか昔から〝大村ラレシ〟という名前で流通しているのだ。なぜ、ラレシと呼ぶのかは、地元の人にも分からない。

今日も、徳造爺さんに怒られた。

流れに対して直角に船を入れるので、波に当たって船がざんぶと大揺れになる。転覆するほどではないが、客を乗せているので揺れるのは危ないという。爺さんの動きを見ていると、流れに逆らわず、スッと船を川に入れる。初心者の俺には、この何気ない動作がむずかしい。

船着き場のコンクリートの角にきちっと船をつけることも課題だ。慎重に船を寄せても、微妙な隙間があいてしまう。客が婆さんや幼児だったら、船に乗る時、隙間にぽちゃんと落ちかねない。爺さんは「客がすんなり乗り降りできるように船をつけてやる、これが大事だ」と言うが、なかなか出来ない。

船頭は川の流れと潮の満ち引き、風の向きを読むのだという。季節によって風の向きが変わるし、河口が近いので、一日の時間帯によって潮の満ち引きがある。満ち潮と引き潮じゃぜんぜん違う、川の流れと風向きを読めと爺さんは言うが、新米の船頭にそんな高度なことが出来るはずがない。しかも爺さんは「潮を読まずに、無理矢理棹で船を操ろうとしても駄目だ」と手厳しい。

風の強い日は船が流されて、ふだんは五分のところを、ベテランの爺さんでも向こう岸に渡すのに十五分かかるという。そんな日にぶちあたったら「初心者の俺はどうするだん！」と、思わず三河弁が出てしまう。

今日もちょっと風が強い。右に棹さし、行っては戻る。左に棹さし、行っては戻る、の繰り返し。「歩みが亀よりおそい」と爺さんに馬鹿にされている俺は、懸命に棹をさすが、一歩進んで一歩下がるの繰り返し。一生懸命やっていても、嫌になるくらい全然前に進まない。

一日中野外に出っぱなしの仕事につくとは、これっぽっちも思いもしなかった俺は、毎朝、日焼け止めクリームをしっかり塗ってきている。軟弱だ、ヤワだと言われようが、日焼けすると赤ん坊の頃からのアトピーが悪化するのだから仕方がない。だが昼休み、弁当を食べた後にクリームを塗っているところを、うっかり爺さんに見つかってしまった。

「お前、顔に何、塗っとるだ？　おなごみたいに」

「あ、日焼け止めクリームです。日焼けしすぎると、アトピーが悪化するんで」

「アピトーって何や？」

「アトピーです。子どもの時から皮膚が弱いんですよ、俺。乾燥して赤くなって、かゆくなって、かきむしるから、皮膚が荒れて……」

「そんなもん、豊川の水で洗えば、よくなるだら」

俺はハーッとため息をつく。だから分かってないんだ、昔の人は。昔はたぶんアトピーなんてなかっただろうし。俺たち現代人の苦労を知らない。まったく気楽なもんだ。

そうこうしているうちに、修業期間の一週間が過ぎた。市役所から小柳津課長がやって来て、俺の船頭修業の成果を検分した。まったく自信がなかったのに、そういう時にかぎって、船の操作がすんなりうまくいくのだった。

「おう、高津くん、うまいうまい。短期間でよう棹の使い方を習得した。いいじゃん、いいじゃん。立派なもんや」と、課長の目尻が極限まで垂れる。

「えっ、でも俺、いやワタクシ、まだ初心者ですし。ひとりきりでやっていけるか、ぜんぜん自信ありません」

「大丈夫、大丈夫。未来ある、若き船頭の誕生だら。実にめでたい」と、課長は俺の言葉を無視してご機嫌だ。

「船頭が多いと船は進まんと、昔から言うでのう。ひとりだちは早い方がええんじゃ」と、徳造爺さんまでが急に優しい爺になって、そんな台詞をのたまう。さっきまで「お前は阿呆かっ」「このカメっ」「のろまっ」「宇宙人っ」と罵倒しまくってたのは一体何なんだろう。

結局、週明けから俺は船頭として独り立ちすることを勝手に決められた。月曜日・水曜日・金曜日・日曜日が俺の担当で、一週間に四日の勤務。爺さんは火曜日・木曜日・土曜日の週三日だ。俺の方が一日多いのは、「まあ、これからの時代は若者にまかせにゃあー」という課長の一存で決められてしまった。そのうえ休みのはずの火曜日と木曜日も、まだ修業中の身としては、しばらくサブ船頭として船着き場に待機しておけという。それより何よりショックだったのは、日曜日も仕事があるという事実だった。

小柳津課長は平然と言ってのけた。

「牛川の渡しは川じゃけんど、法律上は道路扱いじゃんね。日曜だからって道路を封鎖するわけにもいかんだら？」

史上最悪な職場じゃないか。学校だって、もうすぐ週休二日制が始まろうというのに。こんなの公務員じゃない！　俺は市役所入庁をすすめた両親を呪った。

月曜日、はじめての船頭独り立ちの初日。堤防の桜はすっかり散って、緑色の葉っぱがすっぽり枝を覆っている。風が少し強めに吹いているものの、ポカポカ陽気に気温も急上昇し、一気に春めいてきた。山々では芽吹いたばかりの木々が明るい黄緑色に輝き、田植え前の水を張った田んぼには真っ白な鷺《さぎ》が舞い降りる。豊川べりの提にも黄色いタンポポや青い小花のオオイヌノフグリが一斉に咲き乱れている。

そんな春の陽気とはうらはらに、俺の心は緊張と不安でいっぱいだった。今日からはひとりだ。文字通り、助け船を出してくれる爺さんもいない。

朝七時過ぎ、大村側の川岸のいつもの時間に、吉川先生と工員の哲男が姿を見せた。落ち着け、落ち着けと言い聞かせ、ゆっくり船を近づかせていく。

「あれっ、徳造さんは？」

「今日からひとり勤務なんです。よろしくお願いします」

吉川先生は笑顔で「そうなんだ。がんばってね」と励ましてくれたが、哲男は俺を見て不安そうに眉を寄せている。

船着き場で二人を乗せ、川を横断する。

棹を押しながら「最近どうっすか？　学校の方は？」と、先生に話しかけた。この間ずっと観察してきたが、どうも爺さんは無愛想すぎる。船頭はもっと、さりげなく棹を使いながら、お客さんとの会話もスムーズにこなさないといけない、と思う。

「どうって言われても、ねえ……」と先生は、言葉につまって苦笑いしている。

「普通だよ、普通。新学期に入ったってのに、相変わらず学校に出てこない登校拒否の生徒がいてね。家庭訪問に出かけても、ぜんぜん会ってもくれないし……」

「そうですか。先生もいろいろ大変なんですねえ」

工員の哲男が俺たちの会話をさえぎって、「毎日同じことの繰り返し。人生って、そういうもんだら」と、ぶっきらぼうに吐き捨てる。船の中に気まずい沈黙が流れた。

哲男の言葉を潮に、急に日差しがかげり風が強くなってきた。春の長雨で、川の水量も多い。東の方向に向かって突風が吹いた。

「おっとっと……」

棹を握りしめたまま、俺はよろけた。

牛川の船着き場を目前にして、ちぎり丸は上流側の水深の深いところにはまりこんでしまった。八メートルある棹が水面から二メートルしか出てこない。けんめいに棹をさすが、棹を上に上げている間に、進むべき方向と逆に風に流されてしまう。ワイヤーでつながれているから遠くには流されないが、あせればあせるほど、船着き場に着くことができない。

「大丈夫？　何か、手伝おうか？」と、先生が声をかける。

「いえ、大丈夫です。ちょっと待っててください」と言いながら、「ちょっと」が五分、十分になる。

哲男が声を荒げる。

「おいおい、あんまり遅いと遅刻するだ。ええかげんにせい」

「がんばれ、落ち着いて」と励ましてくれる先生も、明らかに焦りの表情を浮かべている。

悪戦苦闘の末、本来なら五分のところを二十分かかってようやく船着き場に寄せることができた。しかし強風で、あともう少しのところを着岸することができない。俺はええいっと覚悟して、長靴のままざぶんと川に入った。手で船を押そうと思ったのだ。しかし、川の水は思いのほか深く、いきなり胸までせりあがってきた。「あわわわっ」と冷たさに身震いする。

「おいっ、大丈夫かっ」

ちぎり丸の上から、先生の引きつった顔が見える。全力で押すと、ようやく船は船着き場のコンクリートに着いた。

「遅刻したらアンタのせいだら！」と捨て台詞を吐きながら、哲男が自転車を押して風のように走り去る。「大丈夫？　服、早く着替えた方がいいよ」と気遣いながら、吉川先生もあわただしく去っていった。

川の中に下半身を浸したまま、ホッと安堵のため息をついて顔をあげると、目の前で見覚えのある茶色い財布がプカプカ浮かんでいる！

「あ、あーっ」

作業着ズボンの後ろポケットに財布をつっこんでいたことを、すっかり忘れていた。すぐに拾って中味を確認したが、お札も硬貨もカードも全部濡れている。あちゃー、やっちまった。作業小屋の前の日当たりのいい場所に板を立てかけ、お札を貼り付け乾かしていたら、竹薮の向こうから女子高校生たちがやってきた。あわてて船を対岸に近づける。

「わっ、船頭さん、びしょぬれ。どうしたんですかあ」

俺は返事もせずに、ワイヤーをつけかえ、船着き場に船を動かす。

「船から落っこちた、とか？」

屈辱だ。小娘たちに、こんなふうに馬鹿にされるなんて。

クスクス笑いあう少女たちを乗せ、俺はうつむいたまま船を横断させる。風がおさまってきたせいか、今回はすんなり着岸したことが、せめてもの救いだった。

「きゃあ、何で、こんなトコにお金が！」

「見てえ、夏目漱石の顔、ゆがんでる」

「ラッキー、拾っていこうか？」

まったく、おしゃべりな小鳥たちだ。彼女たちは口々に勝手なことを言いあい、笑い転げながら去っていった。

結局、朝の通勤通学の客が途切れるまで、着替えをする時間もなかった。特大のくしゃみが何回も出た。パンツまで濡れて気持ち悪い。みじめだった。恥ずかしさと寒さで泣きそうになった。船頭なんかやめて、今すぐ家に帰りたい。一週間やって分かった。俺は船頭には向いていない。

着替えをしてホッとしたのもつかの間、十時過ぎには団体さんが河川敷に姿を見せた。水色や桃色の帽子をかぶった保育園児たちの集団だ。わいわいキャーキャー、泣いてる子もいて、にぎやかだ。歩きはじめたくらいの赤ちゃん組は、五、六人まとめて、籐で編まれた大型乳母車に乗せられている。お団子みたいな丸ぽちゃの小さな頭が、右に左に揺れている。

来るな、来るな。こっちに来るな〜っ。

俺の念力はスカスカで、まるで通じない。子どもたちを先導して歩く保母さんらしき女性が、声をかけてきた。

「あら、新しい船頭さん。いつものお爺さんじゃないのね」

　あきらめて苦笑いしながら、船着き場に船を寄せる。

「天気がいいから、子どもたちとちょっとお散歩に行こうと思って。向こう岸までお願いできますか」

　仕方なくうなづくと、子どもたちは無遠慮に我先にと船に乗り込んできた。早く乗りたいのか、駆け出す子もいる。

「走らないで！　静かにお行儀よく乗りましょうねえ」

　先生の声は子どもたちの声にかき消され、あっという間に座席が隙間なく埋まった。何といっても、客の定員十名だ。一回につき、先生が一人に園児が九人。全員を渡すのに、三往復しないと無理だ。

　とりあえず、第一陣を向こう岸に渡す。棹を動かす俺を、九個の黒い瞳がじっと見つめる。

「せんせい、お船に乗ってどこ行くの？」

「ぼう、ながーい」

「スピード、おそいねえ」

　子どもたちは渡し船に興味しんしんだ。落ち着きなくきょろきょろ頭を動かす子、友だちとげらげら笑いあっている子、眉を寄せて不安そうにしている子、椅子から降りて川面に顔を近づけている子、みんなてんでバラバラだ。

「新人さん？　棹いっぽんで船を動かせるなんて、すごいですね」と若い保母さんが話しかけてくる。

「いえ、そんなことないっすよ。練習したら、誰でも出来ますよ」と、照れ隠しについ口走ってしまった。先生の隣に座っている女の子が、ニコニコしながらこっちを見ている。

「おじちゃん、かっこいい！」

おじちゃんじゃない、おにいちゃんでしょと、女の子をにらむ。

第一陣を無事に大村に届け、第二陣、第三陣と三回繰り返した。最後の船を渡す時、何度やっても船着き場と船との間隔があいてしまうので、面倒くさくなって最後はまた川に飛び降りて自力で押した。変に隙間があいて、小さい子どもがぽちゃんと落ちてしまっては、責任を問われかねない。

「まあ、川に飛び込むなんて、若い人はワイルドねぇ〜」と、年配の保母さんが驚く。

「あらあら、ズボンまで濡れちゃって。こんなにやってもらって通行料無料だなんて、何だか悪いみたいね」と、申し訳なさそうに若い保母さんが言う。俺はひたすら頭を下げながら、替えのパンツがなくなってしまったことに気づいた。

帰り際、これお礼代わりにと言って渡されたのは、子どもたちと保母さんが堤で摘んできたレンゲソウの冠だった。殺風景だった船の中が、ぽっと明るくやわらいだ。

ひとり船頭の初日が、ようやく終わった。水難事故も起こさず、ひとりの溺死者も出さず、無事に渡し船を行き来させられたので、安堵するとともにドッと疲れがほとばしった。

家に帰って玄関のドアを開けると、むせかえるような緑のにおいに包まれた。案の定、台所のテーブルの上には収穫された大葉が山と積まれていた。弟の六郎と帰宅した父親も同じテーブルで、大葉の仕分け作業を手伝わされていた。

「また始めたん？　大葉の内職」

この町は全国シェア八割を誇る、大葉の一大産地だ。大葉の摘み取りと箱詰め作業は、昔から主婦の内職の定番だ。十枚ずつポリエチレンの小袋に入れる作業代金は、一袋やって一円という破格の安さだが、にもかかわらず、配達引き取りはすべて農家がやってくれ、ただ家にいて空いた時間にこなせばいいという気楽な内職ということもあり、大葉の内職に従事している家は多い。母親も時々、人手不足の時には知り合いの農家から頼まれるようだ。

俺の帰宅に気づいた母親が、大葉の山の向こう側から声をかける。

「あ、五郎、おかえり。そこ座って、あんたも手伝いん」

「えー、疲れてるのにい」とぼやくと、「ああ、そうでしょうね。机に座りっ放しの事務職は、たいそうお疲れなんでしょうねえ」と、母親のとがった声が返ってきた。

「そ、そうなんだ。事務職って何だか疲れるんだよね。ボールペンを持つ手も、しびれてきてさあ……」

「あんたなあ」

大葉の香りの中で、母親の声が響く。

「あんた、嘘言う時は、いっつも変な標準語になるだら」

やばい、ばれてる。とっさに父親の様子をうかがったが、にやにやしているだけで、助け船を出してくれない。

「もう、とっくに、ばれとるでね。近所の奥さんが教えてくれたんよ。おたくの五郎ちゃん、牛川の渡しで船頭やってるんですってねーって。もう、あせったわよ。そ、そうなんです。慣れない仕事で苦労してるみたいですねえーって、汗かきながら、その場を取りつくろったんだけど」

やっぱりそうか。龍一に知られた時点で覚悟はしていたが、噂の広まるスピードが最先端の情報通信網より高速なのは、この町が田舎であるあかしだ。

「道理で、春にしちゃあ、顔が日焼けしとると思った。あたしの日焼け止めクリームも勝手に持っていってるみたいだし。あんた、船頭の仕事、ちゃんと出来とるだかん？」

俺はふくれっつらのまま答える。

「できとるよ。あんなの、誰だってちょっと練習すりゃ出来る」

袋づめの手を休めることなく、母親が言う。

「今度、パートのない日に、あたしも一度渡し船に乗ってみようかな。あんたの上司にも一度、挨拶しとかんといかんし……」

上司という言葉に、ぷっと吹き出しそうになった。

「絶対に来んで。来たら、殺す」

「なに物騒なこと言ってんのよ。この子は。親に向かって殺す、だなんて」

母親は目をつりあげて、説教を垂れる。

「まあ、あんたに就職先があっただけで、ありがたいと思わな。わがまま言わずに、しばらくがんばりなさい。どんな仕事でも、向いてるか向いてないか、やってみんとわからんもんねえ」

あのねえ、俺は船頭には向いてないんだと、反論しかけた。が、いつも以上に迫力ある母親の顔を見て、その台詞をぐっと腹に飲み込んだ。

母親は声を大にして、真剣な表情のまま言った。

「こうむいん。こうむいん。五郎、何といっても、船頭も公務員だで」

# 第二章　戦火の若者たち

雨が降っている。しとしと、じめじめ、途切れることのなく細かな雨粒が空から降り続いている。小屋の外に出しっ放しのバケツに雨粒が落ちて、耳ざわりな音を立てている。ぽとん、ぴちゃん、どっぷん。外に出ていって、不快な音をたてるバケツを蹴飛ばしてやりたい衝動にかられる。

ここ数日、雨ばかり降っているせいで、俺は一日中、牛川の渡しの作業小屋に閉じこめられている。水分と湿気で、身体中がふやけてしまいそうだ。この二階建ての古びた作業小屋は、改装される以前は船頭とその家族が生活する公務員宿舎だったそうだ。徳蔵爺さんもここで生まれ育ったと聞いた。こんな川べりの寂しい場所で暮らしていたなんて、退屈でぞっとする。その時代だったら、俺にはとうてい我慢できそうにない。

公務員になり、船頭の仕事を始めてから三か月がたった。少しは船の扱いにも慣れてきたが、風の強い日が満潮時刻に重なると、その自信もぐらぐら揺らぐ。まだかなり船の操作に不安がある。徳造爺さんみたいにスイスイ船を動かすことはできない。船頭歴六十年と三か月のキャリアの差は、当たり前だがとても大きいのだ。

牛川の渡しは道路扱いだ。梅雨の時期に入り、どれだけ雨が降っても、船頭には休みというものがない。通勤通学の客も少なくなるとはいえ、合羽をかぶったり傘をさして船に乗ろうとする客は少数ながらいる。朝の七時から夜の七時まで、いつも船着き場に待機していなきゃならない。

ふーっと、深いため息が出た。

公務員だと思って市役所に入ったのに、与えられた仕事は、早朝から夜まで野外でこき使われる船頭業務とは。これがノーマルな市役所内勤だったらなあと、しばし空想にふける。お昼になったら同期のみんなと一緒にわいわい地下の食堂で楽しくAランチの大盛りを食べ、役所内に知り合いも増え、さりげない会話から隣の課の可愛い女子職員とも親しくなり、週末の休みは二人で手をとりあって伊良湖岬でメロン狩り……なんてことになってたかもしれないというのに。

俺の同僚といえば、船頭歴六十年、船井徳造という、よぼよぼの爺さん一人きり。時たま、ぬぼーっと様子を見に来る上司は、地蔵顔の小柳津課長だけだし。客といえば豊橋競輪に行く爺さんや病院通いの婆さんなど、だいたいが年寄り中心。唯一きゃぴきゃぴの若い女の子である自転車通学の女子高生たちからは、俺は何となく小馬鹿にされてるみたいで。ああ、職場環境は最悪だ。

そのうえ、今日はうっとうしい雨。当然のことながら、雨の日は極端に客が少ない。一日の大半は暇で暇で仕方がない。だから俺は、缶コーヒーを片手に、退屈しのぎに家から雑誌や漫画を持ち込んで、ソファに寝転がって読んでいた。そんなくつろぎのひとときにかぎって、何の前触れもなく、バタンといきなり小屋の扉が開くのだ。

耳の穴にウォークマンのイヤホンを差し込み、最大音量でハードロックが流れていたから、俺には軽トラの近づく音が聞こえなかったんだ。目の前にいきなりＥＴみたいなしわくちゃの顔が現れたので、「うおっ」とソファからずり落ちそうになった。この爺さん、すぐ近くの市営住宅に気楽な独り住まいだから、非番の日でも退屈して何かと様子を見にやってくるのだ。油断ならない。

「もう、船井さん、いきなり、びっくりさせないでくださいよお」

　徳造爺さんは、びしょびしょになった雨合羽を脱ぎにかかった。しずくがこっちにも飛んでくる。

「おまえが勝手にびっくりしとるだけだら。雨で暇にしとると思って、トキワの大判焼き買ってきてやったぞん」

　目の前に、薄紙に包まれた大判焼きが差し出された。黄色い生地の中には、粒あんがたっぷり入っている。

「焼きたてほかほかだで、早く食べりん」

「あ、ありがとうございます」

　よかった。今日の徳造さんはめずらしく〝優しい爺〟か。ちょうど小腹がすいていたので、ありがたく手をのばす。

　大判焼きを食べてしまってからも、爺さんはなかなか帰ろうとしない。テーブルを占領して、何やら作業をはじめた。新しい棹にするための竹は常にストックしてあるが、その竹の先端を削って加工し、金属の金具を取りつけようとしているようだ。

　小腹が満たされた俺は引き続きソファで寝そべりながら、ウォークマンで音楽を聴いていた。ヴァン・ヘイレンの「ジャンプ!」のサビの部分が流れ、気持ちよく鼻歌なんかが出かけた時だ。

「なーんか、シャカシャカ音がするのん」

　突然、爺さんが大声を出した。

「そん、耳から長くのびてる紐は何だ、ほい？」

「これですか？　ＣＤウォークマンですが、それが何か」

「おーく……そりゃ何だのん」

「音楽を聞く機械ですよ。雨の日は仕事もないし。退屈なんですよね。川って、何の音もないじゃないですか」

　爺さんの眉毛がひくっと上がった。

「川に音がない？　ほうかのう。わしにはそうは思えんがの」

　爺さんが考え込む表情をすると、ますます顔のパーツがしわの中に埋もれて、目と口が消えてしまう。のっぺらぼうの妖怪みたいで、ちょっと怖い。爺さんは竹を削ぐ手を休めてこっちをにらんでいる。やばい。〝優しい爺〟から〝怒れる爺〟へと、豹変する瞬間だ。

「音楽聞きながら船頭するちゅうのは、ちぃーとまずいのん」

「なんでですか？」

　徳造爺さんは左足を引きずりながら壁ぎわへ移動し、音をたてて作業小屋の窓を開け放った。風の音がうなり、窓から大粒の雨が降り込んだ。

「高津、その耳のシャカシャカは、はずしん。風の音、雨の音、鳥の声、船頭はいろんな音を聞かんといかん。それに何より、わしら船頭はのん、客が叩く船よび板の鳴る音を聞きのがしたら、いかんでの」

どしゃぶりの大雨のなか、いったい誰が船に乗りに来るんだよと反論したくなったが、こんなよぼよぼの爺さんでも、一応上司だ。俺はふてくされて、ウォークマンをカバンの中にしまった。

夕方になって、やっと雨が上がった。薄日の差すなか、徳造爺さんは軽トラに乗って、どこかへ去っていった。どうせまた、競輪場にでも行くのだろう。

この日の夕方は、自転車通学の高校生たち、無愛想な工員の哲男と、おなじみの常連客たちを船に乗せた。

浜やんと呼ばれている初老の男は川向こうのホームレス村に住んでいるらしく、薄くなった頭に横浜の野球帽をかぶり、右に左にひょこひょこ独自のテンポで身体を揺らしながら歩いてきた。今日は雨でアルミ缶集めも休みなのか、コンビニの袋からポッキンアイスを出して皆に配っていた。

いつも俺にヤクルトをくれる大村の婆さんも、医者の帰りだといって乗り込んできた。曲がった指先で、俺の手のひらにポトリと一個、飴玉を落とした。

「ばあちゃん、いつも行っとる医者て、どこなん?」

「飽海町じゃ。刑務所の近くの」

「大村からだと、吉田大橋渡っていきゃいいのに。ばあちゃん、歩くのは達者なんだから、そっちの方が近いら」

婆さんは薄笑いを浮かべて、少し困った顔をした。

「わしゃ、あそこの大きな橋は渡れんでのう。おそがいでのう」

牛川から市の中心街まで、かなりの距離をすたすた歩いていく婆さんなのに、大きな橋を渡るのが怖いとは。老人の心は分からんと思う。

「はあ？　小さな子どもじゃあるまいし」とつぶやいたら、隣に座っていた工員の哲男が、きつい目つきで俺をにらんできた。

「船に乗るなって、船頭が客に文句言うんか。マツさんみたいな常連さんが船に乗ってくれるだけ、ありがたいと思えよ」

この哲男という男は、何かというと俺につっかかってくる嫌な奴なんだ。ふんっと、ヤンキースの帽子を目深にかぶりなおして無視する。

夕方六時半過ぎ、ちぎり丸を船着き場のポールに固定し、帰る準備をしていると、老若男女、豊川提をぞろぞろ歩いてくる一団が目についた。集団の中でこっちに向かって「おーい」と手を振る人がいる。近くの中学校に勤める吉川先生だった。サファリハットをかぶり、タオルを肩にかけている。

「何してるんです？」

「今日は四十八年前に豊橋空襲があった日でね。空襲で亡くなった人たちを追悼し、平和を求める行進をしているんだ」

タオルで汗をふきながら、当然のように先生は俺を誘った。

「ちょうどいい。五郎くんも集会に参加しないか？」

「いや、そういうのって俺は苦手で……」と帰りかけようとしたが「まあいいだろ、仕事も終わったんだし」と、強引に腕をひっぱられた。しぶしぶ列の最後に加わるはめになってしまった。

平和行進している人たちは、全体に高齢者が多いが、中には高校生や家族連れ、小さな子どもを連れたお母さんもいる。みんな和紙で手作りした灯籠を手に持っている。六十人くらいのその集団は、豊橋《とよばし》の手前で土手を下り、湊町神明社横の公園に集合した。

公園の端には「平和」と刻まれた豊橋空襲犠牲者追悼の碑が建っている。その黒い碑の前に、行進の参加者は集まった。六十歳くらいのおばさんがマイクの前に立ち、落ち着いた声で話しはじめた。

「わたしは国民学校の六年生だったけど、松葉町の家が焼けてしまってね。あの日、この神社の境内は空襲から逃げてきた人でいっぱいでしたよ。全身に火傷を負った人とか、顔や手足が血だらけの人とか、あちこちでうめき声と悲鳴が起こっていました。まるで昨日のことのように憶えています」

　続いて、胸もとにループ・タイを締め、大学の先生といった風貌の男性が話し始めた。

「私は当時小学生で、上伝馬町に住んでいました。悟真寺の山門のところまで逃げて来た時、山門の斜め前にあった有楽館が赤い炎に包まれて燃えていたので、びっくりしました。というのも、当時の私は、映画の絵看板やスチール写真を飽きずに眺めるカツドウ小僧だったからです。家が焼けたのもショックでしたが、映画館が燃えてしまったのも同じくらい悲しかった……」

　最後に七十歳くらいのお婆さんが前に進み出て、かすれた声で話した。

「豊橋駅に近い花田町あたりでは、防空壕の中から人間の蒸し焼きが横並びにくっついたままひとかたまりで出されているのを見ました。髪の形や身体つきから、誰が誰だか、はっきりと分かるんです。いちばん端がお婆さん、内側に子どもが三人いて、そのうち一人は赤ん坊。みんなくっついて真っ黒になって並んでいました。おそらく年寄りと子どもばかりで、恐ろしくて壕から出遅れて蒸し焼きになってしまったんでしょうね。可哀想で涙が出ました」

　集会の終わりには、豊川べりで灯籠流しをした。話を聞いているうちにすっかり日暮れてしまったので、人々は豊川に下りる階段を足さぐりでそろそろと下りる。そして、川べりにしゃがんで、蠟燭《ろうそく》の火が灯った灯籠を川に流す。夕闇のなか、水面に映る白い灯籠がきれいだ。見惚れていたら、吉川先生が横に来た。

「五郎くん、空襲の話聞いて、どう思った？」

　俺は少し考えてから言った。

「なんか、信じられませんねえ。この豊橋の町が空襲で丸焼けになったなんて。市内の死者が六二四人でしたっけ？　今みんなが普通に生活してる場所で、五十年前に死体がごろごろしてたなんて、ぞっとします」

「そうだよなあ。体験者の話を聞かないと、そんなこと想像もできんよな」

「豊橋は軍隊の町だって聞いていたのに。空襲の時、軍隊は一体何してたんでしょうねえ」

「昭和二十年頃は、豊橋の兵隊はみんな南方へ出払っとったからな。地元にはほとんど兵隊はおらんかったらしい」

　目の前の灯籠は右へ左へゆらゆら揺れ、淡い光を発しながら下流へとゆっくり流れていく。

「きれいですねえ。でもこれ、全部ゴミになるんじゃ……」と言ったら、吉川先生はあははと笑って、俺の背中を叩いた。

「我々は平和団体だよ。心配せんでも、下流には流れ着いた灯籠を回収する係員をちゃんと配置しとる」

　徳造爺さんがすこし下流の船町に小舟を出して待っていて、長い柄の網で灯籠を回収するんだという。ああ、それで爺さんは今日、作業小屋に寄って物置をガサガサしてたんだなと、ようやく思い至った。

　揺れる灯籠を見つめながら、吉川先生が静かな口調で言った。

「そうだ五郎くん、君は知らんだろうが、実は徳造さんも兵役で南方に行っていた口だ。玉砕命令が出た部隊から生きて帰ってきたらしい」

　あの爺さんが……。とてもそんな風には見えなかったから、俺はちょっと驚いた。


　三角おにぎりのような石巻山の向こうには、青空に見事な入道雲がもくもくと盛りあがっている。トキワのおばちゃんが機械から出てくるクリームを受け止め損ねた時の、雪崩をうって落ちそうで落ちない不安定なソフトクリームの形にそっくりだ。かなり暑いから、今日はソフトクリームというよりは、せんじ氷をがむしゃらにかき込みたい気分だけど。

　大村側の河原で、二人の少年が遊んでいる。大きなボールが弧を描いて飛び交っている。片方の少年がとり損ね、ボールが俺の目の前に転がってきた。

　あれは小学校六年生の体育の授業だったか。バスケットボールのフリースローの練習で、ボールがゴールに入った生徒から順次、体育館の舞台に移動する。何べんやってもゴールになかなかボールが入らない俺は、とうとう最後の一人になってしまった。クラス全員のさらしものだ。

　俺がボールを入れないと、クラスのみんなが教室に戻れないのだ。体育の授業には、こういった見せしめが多い。泣きそうになりながら、何度もボールを投げ続ける俺。あせればあせるほどボールは宙を舞い、あらぬ方向へ飛んでいく……。

ボール遊びに飽きたのか、少年たちは護岸のコンクリートに座り、肩を寄せ合って釣り糸を垂れはじめた。

「何が釣れるん?」

ちぎり丸の上から声をかけたら、少年たちはちょっとびっくりしたような顔になったが、お兄ちゃんの方が小さな声で「ハゼ」と答えた。恥ずかしそうに目を伏せながらも、クーラーボックスの中味を見せようとわざわざ立ち上がってくれる。船着き場に船を寄せ、彼らの収穫物をのぞいた。

想像してたのより、いっぱいいる。十匹くらいのハゼは重なりあって身をくねらせながら、尾びれから水を元気に飛ばしている。

スヌーピーのTシャツを着た弟くんが、目をくりくりさせながら言った。

「ミミズの餌で、ハゼがいっぱい釣れるねん」

小さいほうのクーラーボックスの中では、餌のミミズが大量にうごめいていた。正直いって気持ち悪い。弟くんは一匹のミミズを指でつまむと、慣れた手つきで針に差し、ぽちゃんと棹を垂れた。

釣り棹を下げた姿勢のまま、お兄ちゃんが言った。

「セイゴが捕れることもある。まだ釣ったことないけど、新幹線の鉄橋の下ではウナギも捕れるんやって」

「へえーっ、そうなん。知らんかった」

脇に停まっている軽自動車から女の人が降りてきて、俺に会釈した。「たくさん釣れましたね」と声をかけると、女の人はうれしそうに笑った。

「最近、兄弟で釣りの楽しさにはまっちゃって。ここ、とってもいい場所ですね、秘密基地みたいで」

釣ったハゼは塩もみしてぬめりを取り、すりおろした生姜とニンニクをかけ、小麦粉をまぶして唐揚げにしたり簡単なソテーも作るという。

「大きいのは三枚におろして刺身にしたり、背開きにして卵液にひたしてフライパンで焼いてピカタにするかな。大漁の日の夕食は、いつもハゼ尽くし」

上の子は自分で三枚おろしも出来るようになったというから、小学生にしては凄い。

お母さんによると、子ども部屋には潮見表カレンダーが貼ってあり、兄弟たちは天気と潮の流れで、その日の行動を決めるという。同じような潮見表は作業小屋の壁にも貼ってあるから知ってはいたが、これまでちゃんとチェックしたことなかったし、魚の三枚おろしもできない。俺は小学生たちに完全に負けている。

川面を見つめながら、お母さんは小さな告白をした。

「学校行ってないんですよ、この子たち」

確かに、今は平日の午前十時。これくらいの年代の子は、小学校で勉強している時間帯だ。

「そりゃあ最初は悩みましたよ。あせって無理矢理登校させようとしたり。親としてあたふたしたんだけど、もう今はあきらめて腹をくくったんです。学校行かない選択もありなんだって。気の済むまで、この子たちがやりたいことをさせてあげようって。それで今は釣りに夢中」

「ここでよかったら、いつでも来てくださいよ」と、俺は柄にもなく優しい言葉をかけ、すぐに照れくさくなって「夏は暑いから渡し船のお客も少なくって、正直退屈してるんですよねえ」と言い訳をした。

お母さんが「そういえば、ここ何度も来てるけど、船に乗ったことはなかったわあ」とつぶやいたので、それから俺は、兄弟二人とお母さんをちぎり丸に乗せた。

お客さんが来るまでという条件つきで、少年たちはちぎり丸から釣り糸を垂れた。川の中で魚の影が行き交うのが見えたと思ったら、すぐにハゼが食いついてきた。水しぶきを飛ばしながら暴れる魚をつかんで、弟くんが釣り針をはずす。お兄ちゃんが魚を両手で持ち、空中にかかげた。編み目模様の背びれが陽の光を受けてキラキラ光り、レモンイエローやスカイブルーの涼しげな色彩が一瞬現われる。目玉が飛び出たムツゴロウみたいな顔も愛嬌がある。

夏の川は、太陽の光をたっぷり受け止めて、白い金平糖を散りばめたみたいにキラキラ光っている。ぴちゃんと、近くでまた魚の跳ねる音がした。

七月になると、渡しの二キロ河口あたりで桟敷席の組立作業が始まる。祇園祭は三百年続く吉田神社の祭礼で、手筒花火が奉納される。スターマインや仕掛け花火も見事なので、毎年花火を目当てに桟敷席は大入り満員となる。この祇園祭が始まると、梅雨明けも近い。

そんなある日、朝、いつものように船着き場に行くと、迷彩服を着た男たちが何十人と集合していたから驚いた。一瞬、戦争ごっこの若者たちの遠征か？と錯覚したくらいだ。トラックの荷台から、大きなボートを何台も出し、川に浮かべようとしている。

目の前の光景に呆然と突っ立っていると、作業小屋から徳造爺さんが出てきた。

「何なんですか、これ」

「驚かんでもいいだ。自衛隊の練習だ。いっつも夏場になると始まるだよ」

豊川駐屯地から来たという。迷彩服を着てヘルメットをかぶった青年たちは、ボートに乗り込み、リーダーの号令に合わせてオールで漕ぎはじめた。あまりの早いスピードに、くらくらめまいがした。棹をさして進むちぎり丸とは雲泥の差だ。若者たちは次々と隊列を交代してはがむしゃらにオールを漕ぎ、何度も何度も川を往復する。

ボートから降りた若者たちは、順番に大村側の土手に座って休憩していた。顔を見ると、まだあどけない。高校を出たばかりの子たちといった感じだ。

「わしも昔、兵隊になりたての頃になあ、船の訓練やっただよ、おんなじ場所で。そん時にゃ、近くで働いてる親父も見にきとったもんだい、何ともばつが悪かったで」

よくよく聞けば、それは五十年以上昔のこと。今の豊橋公園の場所に軍隊があったので、豊川を使ってひんぱんに水上軍事訓練が行われていたという。

吉田城のあたりには工兵部隊の基地があり、鉄で作った船や機材が常時置かれていた。あえて重い鉄船を櫓でこぐ厳しい訓練は、地元住民から珍しがられたという。

「吉田城の下から金色島までずらっと鉄船を並べて、その上に板を敷いて長い橋を造っての。そりゃあ壮観な眺めだった。わしらは鉄船橋と呼んどった。近所の衆も見物に来て、大人も子どもも目を輝かせながら、鉄の船で出来た橋を渡っとっただ」

「へえー、面白いことしてたんですねえ」

「近所の衆には面白いことも、作業をやらされる初年兵にゃ地獄だで。根性をたたき直すとか言って、真冬でも裸で川に入らされるでの」

「えっ、真冬に川へ？」

「さすがのわしも、寒さにぶるぶるふるえ、歯をがちがちさせとった。ありゃ、きつかったで」

爺さんは、まるで昨日のことのように話した。

翌週は、消防署の面々がやって来て水上訓練をした。消防署の人たちはいつも鍛えているだけあって、みんな筋肉もりもり。うらやましいボディだ。オールを漕ぎながら、陽に焼けた顔で笑いあったり、冗談を言いあったり、爽やかなスポーツクラブの雰囲気だった。隊員のお兄さんたちは、仕事というより、ボート訓練を楽しんでやっていた。

また違う日には、警察の水上訓練が行われた。対岸でその一部始終を見ていて、部活の「しごき」に近い印象を受けた。説明を受けている時も直立不動の姿勢を保ち、答える言葉も「はいっ」「了解しました」と堅苦しいことこの上ない。

炎天下に近い暑い日だったので、訓練生たちが気の毒だった。ボート演習の順番を待つ間も、トレーニングをやらされる。まだ二十歳前後の新米の警官たちが顔を真っ赤にして、腹筋やスクワットをやらされている。腕立て伏せなんて、堤防の高低差を利用して足を高い部分に乗せてまでやるから、ハードで容赦ない。肉体の極限まで耐えに耐えて、真っ赤な顔で倒れ込む若者たちの姿は見ていてつらかった。俺だったら一日で逃げ出すところだ。

彼らの水上訓練を眺めていて、船頭なんてまだラクな方だと思い知った。

一週間後の昼下がり、非番の日だというのに、軽トラをきしませて、また徳造爺さんがやって来た。

「雨が続いて汚い葉っぱや枝が大量に流れ着いてくるでの。時々こうして、きれいにしてやらにゃいかんで」と言いながら、俺へのあてつけのように掃除を始める。

ロープのついたバケツで川の水を汲んでは船着き場のコンクリートの上に水をまき、デッキブラシでごしごしこする。それが終わったかと思うと、軍手をはめ、バケツ片手に小屋まわりの草むしりを始めた。

「雑草のびるのどっ早いで、とてもついていけんわ」と、独りごとを言いながらしゃがんで草をむしっている。一時間たったが、帰る気配を見せない。徳造爺さん自身が何代も続く船頭家の息子で、この小屋で生まれ育ってきただけに、居心地がいいのだろうか。

「せっかくの休みなのに、もう帰ったらどうです？」と声をかけたが、爺さんは草むしりの手を止めない。その後も一服すると言って、小屋の中で煙草を吸いながら、競輪の予想新聞を読んだりしている。しばらく貧乏揺すりをしていたが、雑誌をソファに投げ出すと、やおら立ち上がった。

「せっかく来たで。高津が船頭としてちーっとは上達したか、今から見てやるわ」

えーっと、心の中で声を出した。嫌な気分だったが、ちょうど客もひとり来たので、爺さんも一緒に船に乗せた。

ちぎり丸は、船着き場を離れた。背中に視線を感じながら、棹をさして川の中央へ船を進める。船は横波を受けて、がくんと揺れた。客を大村側に届けてから、戻りかけた時に爺さんが言った。

「おーい、高津」

しわがれ声が、背中に突き刺さる。

「さっき、何で船が揺れたか、分かるか？」

「分かりません」

「高津は、いっつも即答だら。ちっとは頭で考えよ」

「分からないことは分からないんです。俺、頭悪いし、運動神経ないし」

ムッとして溜息をつき、爺さんの方向を見ないよう顔をそむけたが、耳だけは注意深く声を聞いていた。

「昔から櫓は三年、棹は八年といわれとるでな、棹をさすのは結構むずかしい。川の流れをよーく見てみりん。水が流れる方向な。お前は流れに対して直角に船を入れようとする。船の横っ腹に水がぶち当たる。そりゃあ、揺れるだ」

「だって川のこっち側からあっち側へ、行かなきゃいけないのに」

「何ごとも無理矢理やっても、うまくいかん。人間は自然の力には勝てん。船頭というもんはな、川の流れに逆らわず、川の流れと一体化するように棹をささないかん」

川の流れと一体化する……。いきなり、そんな高尚な、哲学的なこと言われても困る。

青い空の真ん中に、入道雲がむくむくと立ち上っている。俺の心の中にも不満と鬱屈の入道雲が広がっていく。白い入道雲は、突然の激しい夕立の気配をはらんでいる。今はまだ、おだやかな青い空のままではあるけれど。

「昔はなあ、船頭は自然体で棹をさしとったもんや。陽気に歌なんか歌いながら。なあ高津、船頭さんの唄って知っとるか?」

俺がけだるく「知りません」と言うと、「こんなんだ」と言って、爺さんは突然船の上で歌い出した。意外に伸びのある声だ。

村の渡しの船頭さんは、今年六十のお爺さん
年をとってもお船を漕ぐ時は、元気いっぱい櫓がしなる
それ、ぎっちらぎっちら、ぎっちらこ

懐かしのメロディーなんかの番組で流れそうな昔の歌だ。今年六十どころか、徳造爺さんは七十二だ。「今年六十なんて、ずいぶん若いお爺さんですねえ」と言うと、皮肉に聞こえたのか、コーヒーの空き缶が飛んできた。あぶない、あぶない。

「この歌にはなあ、二番もあってな」

そう言って、爺さんは続きを歌った。

雨の降る日も岸から岸へ　ぬれて船漕ぐお爺さん

今日も渡しでお馬が通る　あれは戦地へ行くお馬
それ、ぎっちらぎっちら、ぎっちらこ

「戦地へ行くお馬って、一体いつの時代の歌なんです？」

「昭和十八年に作られた唄だで、戦地へ行く馬が船に乗るだ」

「へえ、馬も戦場に」

「お国のため、言うてのう。昔は立派な馬ほど軍隊に供出させられたもんだ。農作業に必要な大切な馬なのにな」

爺さんは棹を持つ手を止め、かつての農村風景を思い出しているようだった。

「ほいから三番は、こんなふうだで」

今度は、声のトーンを少し落としながら歌った。

村のご用やお国のご用　みんな急ぎの人ばかり
西へ東へ船頭さんは　休む暇なく船を漕ぐ
それ、ぎっちらぎっちら、ぎっちらこ

戦時色が強い時代の歌なんだろう。年老いたお爺さんですら村のため、お国のために休む暇なく働いているのだから、キミたち若いもんも早く立派な人間になってお国のために尽くしなさいと、言われているような気がする。

そういえば、作業小屋の壁に、昔の農村の女の人たちの白黒写真がかかっていた。黒い大きな牛を真ん中に、もんぺにほおかむりをした農作業着姿の女の人たち。あれは、牛を軍に手放す時の記念撮影だったのだろうか。

爺さんがぽつりと言った。

「お父っつぁんや息子が兵隊にとられて、頼みの綱の牛や馬も徴用されて、残った女子どもはがむしゃらに働くしかなかっただ。牛のようにな」

「そういえば、船井さん」と俺は言った。

「なんや、急にあらたまって」

「船井さんも戦争に行っていたんですよね」

爺さんの顔がこわばるのが分かった。

「誰から聞いた?」

俺はしどろもどろになって説明した。

「吉川先生が言ってましたよ。船井さんは豊橋の部隊の生き残りだって。すごい勇者だったんですよね」

沈黙が流れた。気まずい空気だ。俺はいま、聞いてはいけないことを聞こうとしているのか。爺さんは、しわがれた声で「何がすごいこと、あるもんかい」と吐き捨てた。

午後の風が吹いてきた。川面に反射する光に少し陰りが差してきた。

ふと目をやると、五メートル先の川の中で、膝までつかって鋤簾《じょれん》を手に、シジミ取りをしている中年女性の姿があった。日焼けを防ぐためか、ほおかむりをした上に黒いサンバイザーまでかぶった念の入れようだ。豊川では春先から秋まで、シジミが取れる。小粒ながら味噌汁に入れると、いい出汁が出てうまいから、川に入って取っている人の姿は普段からよく見かける。

じりじり日が照っていて暑いけど、時おり、サーッと川の上流から風が吹いた時は涼しい。クーラーでは得られない爽快感だ。

シジミ取りのおばはんが陽よけのサンバイザーを取り、こっちを向いてにーっと笑った。おっかあだった。びっくりして、思わず持っている棹を落としそうになった。

「な、なんで、ここに、おるだ?」

俺の問いを無視し、川のど真ん中で、母親はよく通る大きな声を出した。

「息子がいつもお世話になっております。わたくし、五郎の母でございます」

徳造爺さんは、目を白黒させている。

「あー、高津くんのお母さんですか。こりゃ、どーも、どーも」

　母親は肩にかけたリュックから、長方形の箱を取り出した。

「これ、下地の餅屋の水まんじゅうですわ。いつもお世話になっているお礼に、と」

「おっかあ、恥ずかしいで、やめりん。よりによって、こんなトコでっ」

　爺さんは「ほー、ありがたい。わし、水まんじゅう、大好物だで」と笑いながら、母親のそばまで船を寄せていった。

「あんた何、ひとりで騒いどるん。ちゃんと、大先輩の言うこと聞いて、みっちり船頭修業しんといかんだら」

「幼稚園児じゃあるまいし。親が出てくるところじゃないだろ。恥ずかしい」

「はあ？　これまでさんざん恥ずかしいことばっかりしてきたんは、誰ね？」

「うるさいわっ」

　爺さんは水まんじゅうの包みを胸に抱き、ニヤニヤしながら俺たちのやりとりを見ている。

　母親はおもむろにカゴを掲げて、徳造爺さんに収穫物を見せた。たくさん入っているのかと思いきや、ほんの数粒しか入っていない。

「このあたりでもシジミがとれるかと思って来ましたが、あんまり取れませんねえ」

「お母さん、もっと下流に行かんと。このへんは汽水域いうて、海水と淡水が混じりあっとるから、シジミは少ないでのう」

「そうなんですか」

「もっと下流に行きんさい。シジミやアサリは昔から土地のもんはみんな川に入って取っとるでなあ。下条橋から渡津橋までの間は漁業権がないもんで、誰でも取っていいだよ。思う存分、取りんさい」

「はい、ありがとうございます。でも、今日は息子の上司の方にお会いできて本当に良かったですわ。ほほほほ」

母親はとってつけたようなおべんちゃらを言い、鋤簾を担いだ姿勢で何度もお辞儀をしながら、下流の方へと移動して行った。


その日は早めに仕事を終え、家に帰った。

「何で突然、職場に来ただ？　恥ずかしいだら！」

非難の叫びをあげながら勢いよく玄関を上がると、玄関の三和土《たたき》に置いてあった大きな袋にけつまづいた。足元を見ると、とれたてのベビーコーンが袋から大量にこぼれ落ちている。

「もう、じゃまやなあ。こんなとこにおきっぱなしにしてからに」

豊橋に暮らしていると一年中、野菜と果物が親戚や近所や知りあいから届く。都会の人間からみるとうらやましいかもしれない。だがそれは、もはや〝お裾分け〟なんて可愛らしいレベルではないのだ。

夏は親戚、近隣の農家からキュウリ、ナス、トマト、スイカなんかがガンガン届く。弟の六郎が「おばけキュウリ」と呼ぶ、蛇のように曲がりくねったキュウリ。太ったウナギみたいな巨大なナスと、裂け目の入ったトマト。ふぞろいで不格好な野菜だらけだが、味には何ら問題ない。というか、スーパーに並んでいる品行方正な野菜より、新鮮で味が濃くて、こっちの方がうまいと思う。野性味あふれるワイルドな味、野菜の本来持っている味わいとでもいおうか。

予想通り、ダイニングテーブルの上は、ベビーコーンの主戦場と化していた。我が家の男たち、勤めから帰った親父と塾帰りの六郎が作業要員として駆り出され、トウモロコシの山と格闘していた。ひとつひとつ、何枚も重なり合った緑の皮と白いひげ根を取り除いていく作業は膨大で、果てしなく続く。

近隣ではキャベツの裏作でトウモロコシを植える農家が多く、大きく甘いトウモロコシを収穫するために、初夏になると小さなトウモロコシを大量に摘みとる。摘果メロンや摘果キュウリと同じ理屈だが、この摘果トウモロコシはベビーコーンといって、毎年この季節になると親戚の農家から大量に届けられるのだ。

母親と父親は手慣れたもので、超高速なスピードでベビーコーンを包んでいる葉っぱを剥ぎ取り、白くもじゃもじゃしたヒゲを取りのぞく。弟の六郎は目の前に散らばる白いヒゲをかき集めてアゴに添え、「ねえ見て見て、ぼくサンタさん」とはしゃいでいる。

　父親が真面目な顔で言う。

「サンタさんというよりは、そりゃインドの山奥に住んどる仙人だら」

「しゃべっとらんと、手を動かすっ」と、母親の檄が飛んだ。大将の号令を合図に、男三人は黙々と皮むき作業を続ける。

　大量の皮とヒゲをむいていくと、ようやく十センチ弱の薄黄色のベビーコーンが頭を出す。これを大鍋で煮て、マヨネーズをつけて食べるのだ。ビールのあてにもなるし、美味しいからいくらでも食べられる。それでも余ったら、摘果キュウリとあわせ、酢と砂糖につけてピクルスにする。これも、いける。

「あれからねえ、船井さんの言う通り下流に移動したら、シジミいっぱいとれたんよ。やっぱり年寄りの言うことは間違いないわ。今日は、大漁、大漁」

　台所からはシジミの佃煮を煮る醤油の香りが漂ってくる。晩飯には、シジミたっぷりの味噌汁もつくのだろう。腹が、ぐうと鳴った。

「腹へった。なあ、晩ご飯、まだ？」

「何言っとる。ここの作業片づけんと、晩ご飯の準備にとりかかれんら。それまで、これでも食べときん」と、母親は冷蔵庫からタッパーを出し、ドンとテーブルに置いた。タッパーにぎっしり詰められた摘果メロンの漬物を一個とって口に放りこむ。俺の大好物だ。これさえあれば、ご飯が何杯も食べられる。また、腹がぐうと鳴った。

「あ、兄ちゃんだけ、ずるい」

横から、六郎の小さな手がスーッとのびてきた。

翌日の土曜日の午後。一週間で唯一の休日だというのに、俺は今日も船着き場に来ている。高校の時の同級生、荒川龍一と朝の十時にここで落ちあう約束をしているのだ。昨日の夜遅く、龍一から突然電話がかかってきたのには驚いた。

「明日、大きな戦闘会があるというのに、来る予定の奴が急に仕事があるとか言うてキャンセルしてなあ。人数足りりんと参加できんじゃんね。五郎お前、土曜日は休みだら?」

悪い予感がした。

「なあ、一回サバイバルゲーム場、行こまい。俺が連れてくで。どっ楽しいで」

「はあ? 俺、おまえと違って、戦争ごっこなんか、興味ないし」と断ったのだが、「すっげー、面白いだに。一回やってみたら、絶対はまるって。なあ、装備一式、貸してやるから、なあー」と、しつこい。

まったく気が進まなかったので黙っていたら、「行かんかったら、お前が船頭やってること、今度の同窓会でクラス全員にばらす」と不当な脅迫を受けた。まったくとんでもない奴だ。というわけで、貴重な休日を戦争ごっこにつきあわされるはめになってしまった。

約束の時間を十分も過ぎてから、ぶるぶると爆音を響かせながら深紅のアメ車が駐車場へ突っ込んできた。ヘルメットをかぶった龍一が軽く手を上げて、運転席から降りてくる。

「人を誘っておいて、おまえが遅刻かよ」

「ふふふ、これが宮本武蔵の戦法じゃ。時間に遅れた方が相手にプレッシャー与えられるでな」

また、わけのわからないことを言う。これまで宮本武蔵作戦はことごとく失敗しているというのに、まったく懲りない男だ。

徳造爺さんにちぎり丸を出してもらい、対岸の大村へと向かった。船に乗ってる間に龍一から迷彩色のジャケットとヘルメット、ゴーグル、ブーツを手渡された。

「ほら、これ着けな。足もサンダルじゃなくて、分厚いブーツを履いて」

「えーっ、こんなに暑い日に」と、思わず文句が出る。

「ちゃんと重装備してる方が動きやすくて絶対ラクだ。弾がサンダルばきの素足に当たってみろ、どんだけ痛いか。まあ、一度体験すりゃあ分かる」

棹を動かしながら、爺さんが俺らのやりとりをちらちら見ている。

「今どきは戦争ごっこにも、えらく立派な道具があるんだな。わしらが子どもの頃の戦争ごっこいうたら、そりゃ簡単なもんだったわ」

菅笠の下の口元が、にやりと笑ったように見えた。

「竹やりと角材を握りしめ、ズボンのポケットに石ころをしのばせて、豊川の河原で戦ったもんだに」

龍一が話をあわせて、身をのりだしてきた。

「へえ、徳造さんもやったんですね。戦争バトル」

「おう、下条の奴らとな。わしら牛川の衆は、下条とのあいだの、暮川あたりの河原が主戦場やった」

「ふうん」

「昔の子どもはなあ、天に代わりて不義を討つ〜と軍歌を歌いながら、戦場まで行進して行くんだ。わしは身体は小さかったが、逃げ足が速くての。石ころが飛び交う中、頭にバケツをかぶって突撃し、敵の軍旗を奪ってきたこともあった。上級生から、でかした、ようやった、曹長に昇進、なんて言われて、ほめられただ」

「子どもの遊びのわりには、やることが本格的なんですねえ」

「バケツにためた牛の糞を投げつけたり、な。あれは効果あっただ」

「うえっ、汚ねえ」

龍一と俺は同時に顔をしかめた。

「行明や天王まで遠征することもあったな。あの頃、一緒に戦争ごっこしてた奴らは全員、大人になって本当の戦争に行ったけどな」

声がしんみりした調子に変わったので、俺は振り向いて爺さんを見た。菅笠の下に隠れて、その表情は見えなかった。

浅瀬を見ると、羽ばたきの音もなく真っ白な鷺が舞い降りていた。白鷺は幸運の兆しだ。重装備をつけた俺たちは、船から降りて、竹林の小道を歩いていった。しばらく行くと提に上がる道に出た。その堤防の上から、トウモロコシ畑の真ん中にぽつんと建つ、殺風景な建物が見えた。

「あれだ。あそこが我らの決戦の地であーる！」

ヘルメットを小脇にかかえ、俺は仕方なく、龍一の後ろを小走りについていった。

そこは古い鉄工所を改装して作ったサバイバルゲーム場だった。近づいていくと、赤茶色の工場の建物に〝ペンタゴン〟と派手な看板が掛かっている。が、近くまで接近して注意深く見ると、看板の下には大村鉄工所という文字が薄く透けて見えているではないか。

「サバイバルゲームには山や林でやるアウトドアと建物の中でやるインドアがあって、ここはインドアのゲーム場だ」と龍一が解説する。

駐車場にはいっぱいクルマが停まっていて、入口付近には大勢の男たちが集合していた。ざっと数えて四十人くらいか。みんな思い思いに迷彩色の軍服を着て、頭にはヘルメットをかぶった重装備だ。ゴーグルやマスクをつけているから、お互い顔は分からない。猿やダースベイダーのお面をかぶっている不気味な奴もいる。何とも異様なのは、ナチスドイツの将校みたいな軍服を着た奴と菅笠をかぶったベトコン兵が同じ空間にいることだ。背中に六文銭の旗を結びつけている戦国武将もいる。いったい何考えてんだろう。

集まった男たちを、二つのチームに分けてバトルするらしい。

「手ぶらで安心、初心者応援レンタルセットちゅうのがあるから、それを借りろ」と龍一。入場料金に加えてレンタル料まで取られて、財布が寂しくなった。レンタルセットには、長い電動ガンと小さなハンドガン、フェイスマスクのついたゴーグルがセットされていた。受付でレンタル銃の説明を聞き、弾速測定と注意事項、チーム分けを行った。初めての俺はもちろん龍一と同じチームだ。

バトルフィールド〝ペンタゴン〟の内部は、古い鉄工所そのままの無機的な空間だった。がらんとした空間に、波板で作った壁やドラム缶が無造作に置かれてある。二階に上る階段もあり、通路はとても狭い。あちこちに鉄パイプや角材で作ったバリケードが置いてある。バリケードには射撃用ののぞき穴もついている。

「戦闘中は、バリケードで身を隠すようにして銃をかまえ、腰を低くして素早く移動するだ」と龍一。口調はまるで隊長気取りだ。

「弾が当たったら、どうする?」

「手をあげて降参のポーズを取って、ヒットヒット～と大きな声で言いながら一度、セーフティゾーンに入る。セーフティゾーンは冷暖房完備、トイレもきれいな部屋だで、そこでちょっと休んどけよ。今回は射殺されても復活が許されるから、三分後にまた部隊に戻れ」

「おう、わかった」

ピーッと笛の合図が鳴って、戦闘が始まった。龍一は「ゴーゴーゴー！」と雄叫びをあげながら、一目散に走っていく。近くで銃声が聞こえる。通路が狭く視界が限られてるから、その圧迫感が怖い。敵の姿は見えない。どこから狙われてるか分からない。不用意に飛び出したら、たちまち撃たれそうな気がする。前にいる龍一が銃を撃ちながら、前方へ進む。

「五郎、二階へ移動するぞっ」

龍一の声を頼りに、小走りにドラム缶の陰に移動する。飛んできた弾が肩をかすめる。膝が、がくがくする。

「阿呆、戦場でぼーっと突っ立ってる奴がおるか。もっと姿勢を低くっ」と、怒鳴られた。

心臓の鼓動が速くなっている。

「敵との距離をつめていくぞ。後につづけっ！」

「つづけと言われても……」

軍曹気取りが、なに勝手なこと言ってんだと思いつつ、戦場初体験の俺は、奴の後ろについて廊下を走るしかない。

「よっしゃあー、こいやあーっ」

龍一は絶叫しながら前線に飛び出し、敵を撃ちまくっている。連射された弾は、弧を描いて前方へと流れていく。

「よしっ、ふたり倒したっ」

振り返った龍一の顔は、興奮のせいか赤鬼みたいになっていた。頭から湯気が出ている。

「よしっ、いける。このまま一気にAゾーンを突破するぞっ」

十メートルくらい先に、目標の赤い旗がやっと見えた。撃たれずに中央のあの旗をとれば、チームの勝利になるという。龍一は後ろを振り向き「いいか、あそこまで走るぞ。しっかり、ついてこいっ」と叫んだ。

「突撃ーっ」

仕方ない。腹をくくって、龍一の背中を追って、やみくもに走った。少し頭を出した瞬間、パーンと弾が耳をかすめる。あぶねーっ。どこから撃ってくるか、ぜんぜん分からない。ヘルメットの下からツーッとひと筋、汗が流れ落ちる。

つんのめって転びそうになりながらも、バリケードの後ろにもぐりこんだ。ここなら安心だ。フーッとため息をつき、頭を横へ傾けたら、ベルトがゆるんでいたのか、ヘルメットがぽろりとぬげた。次の瞬間、額の真ん中に衝撃が走り、周りの風景が後ろにふっとんだ。

もんどりうって倒れた俺に向かって、敵がバラバラと駆け寄ってくる。もうだめだ、殺される。数人の敵が俺を取り囲んで見下ろしている。ひとりの小柄な男がヘルメットを脱ぐと、細くて長い髪がはらりと落ちた。

「大丈夫?」

切れ長の瞳が、心配そうに俺の顔をのぞきこむ。これが敵の正体か。そう思った瞬間、目の前が真っ白になり、俺は気を失った。


遠くで、チチチと鳥の声がする。薄く目を開けると、木の枝で羽根を休める極彩色の鳥が見えた。赤と黄色とオレンジ色が混ざり合った細長い鳥だ。その手前で咲く、真っ赤な花も目にとびこんできた。まぶしくて、思わず目を細めた。自分は繁みの奥、大きな木の根元に横たわっていた。

周囲には誰ひとりとしていない。静かだった。少し遠くの崖のあたりで、兵隊が折り重なって倒れている。風で帽垂れがめくれ、兵士の青白いうなじを見せる。ぴくりとも動かない。みんなもう死んでいるのだろう。兵隊たちの帽子や靴が散乱している。下を見ると三十センチほどの幅で、ちょろちょろ水が流れている。這っていって水を飲んだ。腰から左足にかけてが激しく痛む。軍服はぼろぼろに破けている。

今朝「総員突撃せよ！」と叫ぶ部隊長の背中を追って走った。声にならない声をあげながら、がむしゃらに走った。機関銃の炸裂音がしていた。前を走る部隊長の背中がゆっくり崩れ落ちた。後は何も憶えていない。

弾に当たったのだと思った。小銃弾や砲弾の破片がいくつも身体に突き刺さっているのだ。このまま死んでしまうのだろうか。だが、不思議と出血は止まっていた。左股で弾が貫通しているらしく左足は動かない。次第に日が暮れてゆく。ひとりきりでいるのは寂しい。近くに仲間がいるかもしれない。腕の力だけで力任せに這っていった。途中で三八式小銃が落ちているのを拾う。

左股の傷口からウジがわいていた。壊疽《えそ》になるかもしれないと思う。衛生兵なのでカバンの中にガーゼがあった。小銃の下に付いている細い鉄棒を引き抜いて、そこにガーゼを巻いた。痛いのをがまんして、外股から傷口にその棒をぐっと押し込んだ。干からびた土の上に、ウジと血うみがパラパラとこぼれ落ちて赤黒い染みをつけた。ガーゼだけはたくさんある。包帯用のガーゼを使って、何度もこの方法で傷口を消毒した。

味方の姿を求めて、灌木の中を這いまわった。かたつむりのような歩みだ。喉が渇いたら、椰子の葉の上の雨水を飲んだ。生きれると思った。

夢を見ていた。どこか分からないが、異国の戦場のようだ。奇妙な夢だった。

いま俺は、殺風景な部屋に横たわっている。ベッドの上だ。天井の波板がむき出しになっている倉庫みたいな場所。頭が痛くてがんがんする。ここはどこ？　わたしは誰？

「おう、気がついたか」

足元で、龍一の声がした。優しく、かつどこか懐かしい記憶を呼び覚ます低い声だった。

「……俺、もう死ぬの？」

ひと呼吸おいてから、部屋の空気を切り裂き、ぎゃははと笑い声が響いた。

「あのなあ、実弾やないで。ＢＢ弾で死ぬ奴なんて、この世におらんわ」

良かった、助かったあ。俺は感謝の言葉を吐いた。神さま、仏さま、アッラーの神よ、キリストはん、すべての神に感謝します。

「ただの脳しんとうやて」

龍一の声が、空から降ってきた天使の声みたいに響いた。

「従業員の仮眠室を借りとる。しばらくすると良くなるから、心配することあない。戦闘員には、よくあることだら」

枕の上で、俺は深くため息をついた。

「……よくあることなんだ」

「でもなあ、東京の方で、ＢＢ弾が直接目に当たって失明した奴もおったそうだで。やっぱりヘルメットとゴーグルは欠かせんな」

　失明という言葉を聞いて、凍りつく。今になって身体が震えてきた。

「ルール違反な危険行為はやめてくださいい、出入り禁止にしますよって、撃った奴は店の人から、めっちゃ注意されとったで。まあ、戦闘終わってないのに、不用意にヘルメットをぬいだお前も悪いけどな」

　龍一は肩にかけたタオルを取って、俺の顔の汗をぬぐいながら言った。

「しかし、驚いたなあ。名スナイパーが女だったとは。それも、まだほんの小娘……中学生くらいじゃないか？　ショックだ。俺らのチームって、いっつもあの子にこてんぱんにやられとったんだな」

　気を失う直前に見た顔が、その彼女なのか。細く垂らした前髪の奥から、じっとこっちを見つめる瞳。ほんの一瞬のことなのに、その子の表情は、あの変な夢とともに俺の頭の印画紙にしっかりと焼き付けられてしまった。

　ベッドから降り、ブーツをはいて、よろよろと仮眠室を出た。荷物は龍一が持ってくれた。夕陽が鉄パイプの柱を照らして、ひょろ長い影をつくっている。床には大量のＢＢ弾がこぼれ落ちている。兵士たちは、みんな去ってしまった。ひと気のないバトル場はがらんとしていて、廃業した鉄工所そのままだった。

　竹林の横をたどって、歩いて来た道を戻る。陽がかげってきているのに、近くでまだ蝉の声がする。大村側の船着き場に着き、船呼び鐘を叩くと、夕陽の向こうからゆらゆらと、ちぎり丸が近づいてきた。

船に乗り込むと、力なく椅子の上にへたりこんだ。脳しんとうの後遺症で、まだ気力がわいてこないみたいだ。徳造爺さんはそんな俺を見て「どうした、高津」と顔をのぞきこむ。

龍一が笑いながら、俺を小馬鹿にする。

「こいつ、ほんとに阿呆なんですよ。まだ戦闘中なのに不用意にヘルメット脱いで、撃たれて派手にぶっ倒れたんですよ」

「知るかよ。あんなとこ、はじめての経験で」

頭上で、徳造爺さんの声がした。

「本物の弾じゃなくて良かったのん。わしのすぐ横におった兵隊は、鉄兜をとった瞬間、撃たれて脳みそが飛び散った」

俺と龍一はふりかえって爺さんを見た。菅笠の下の顔は笑っていなかった。

「船井さん、それ、どこの話?」

「……サイパン」

龍一が素っ頓狂な声をあげた。

「サイパン?　あの水着姿の女の子たちがビーチにうじゃうじゃいるサイパン?」

「うんにゃ、今はどうなっとるか知らんが、五十年前、わしはサイパンにおっただ」

「何しに？」と聞こうとした俺を、龍一は乱暴に押しのけた。

「徳造さん、もしかして、戦争体験者？　こりゃすげえ〜」

爺さんは棹を握ったまま、船べりに突っ立っている。

「徳造さん、戦争行っただら？　戦争行って何しとった？　鉄砲撃っただら？」

爺さんは押し黙ったまま動かない。龍一だけがひとり興奮した声を出している。

「すげえな、本物の銃、撃てるだに。徳造さん、今度、銃の撃ち方、教えてくださいよ」

吐き捨てるような声が、船べりに響いた。

「本物の鉄砲なんて、撃つもんじゃないっ」

爺さんは、ぷいとそっぽを向いた。それっきりだった。龍一も黙った。船の中に気まずい空気が流れた。

夏も本番だというのに、かくんと下がった爺さんの背中は、冬の枯れ木みたいだった。

祇園祭りを週末に控えた日の夕方、常連客の女子高生三人組が自転車を押して船着き場にやってきた。いつもならポケベルを見せあいっこしながらキャーキャーうるさいくらいなのに、今日の彼女たちはなぜか三人とも元気がない。自転車を押しながら、長く垂れ下がった前髪で顔を隠し、無言で歩いてくる。

　俺はゆっくり船を近づけていった。

「みんな、乗る？」

　ポニーテールの女の子が、顔を上げた。

「乗りません」

「え？」

　いつになく真面目な表情に、たじろぐ。ぽっちゃりめの女の子が思いつめたような顔で言った。

「船頭さん、ライフジャケット貸してください」

「え？」

「あるでしょ、ライフジャケット」

「そりゃまあ、あるけど、何で？」

「川で泳ぐんです。私たち、いま泳ぎたい気分なんです」

「それは、暑いから、とか？」

「違います。この子、今日、失恋したの」と、ポニーテールが急に怒ったような顔をして、ちらりと真ん中の小柄な女の子を見た。この子は三人の中でお調子者でいつもげらげら笑っているゲラ子だが、今日は眉毛が八の字に下がっている。

「泳ぐのと失恋と、何の関係が?」と聞くと、ぽっちゃりが、いらだちの声をあげた。

「もうー。船頭さんって、デリカシーないんだからあ」

デリカシーと言われても、何のことだかさっぱり分からない。

ポニーテールは、明らかにいらいらしている。

「とにかく、川で泳ぎたいの。もう、分からないですかねえ。この子、いま泳ぎたい気分なの」

ぽっちゃりが補足する。

「私たちは、つまり、その、つきそい」

ポニーテールの怒りのボルテージが上がる。

「とにかく、ライフジャケット貸してくださいよ。高校生の安全を守るのが船頭さんの仕事でしょっ」

これが彼女たちの友情なのか。俺は仕方なく、作業小屋に行き、戸棚の中からオレンジ色のライフジャケットを三着取ってきた。彼女たちは茂みに隠れることなく、俺の目の前で、制服のスカートだけをするりと手際よく脱いだ。スカートの下にはちゃんと短パンをはいていたのだが、一瞬あせって目のやり場に困った。彼女たちは制服のブラウスの上からライフジャケットをはおり、仲良く手をつないで川の中へ入っていった。

黄色い声があがる。

「うわっ、冷たい」

「最初だけだよ、すぐに慣れるらぁ」

「ほんとだ。ああー、気持ちいいねー」

　高校生三人組は川の中央まで移動し、大の字になってプカプカ浮いた。聞くともなしに彼女たちのおしゃべりが聞こえてくる。

「空がひろーい」

「うちら、川に抱かれてるねえ」

「健太のばかーっ」

　健太というのが、ゲラ子の失恋の相手か。どこのどいつか知らないが、罪つくりな奴だ。俺は、高校時代に好きだった女の子のことを思い出した。笑うとえくぼが引っ込んで、瞳がキラキラしてた。可愛いくて性格も良かったから、すでに彼氏がいた。野球部のエースだ。俺にとっては、一方的な片思いに終わったけど、甘酸っぱい思い出は永遠だ。「可愛い女の子というのはな、出会った時点でだいたい誰かの彼女になってんだよ」とは、当時のクラスメイトの名言だ。

　背中で爆音がしたのでふりむくと、派手なアメ車が走ってくるのが視界に入った。何てタイミングのいい奴なんだ。

　運転席から降りてきた龍一は、川で女の子たちが泳いでいるのを見て奇声をあげた。

「なんだなんだ、今日はハーレム状態じゃねーかっ」

「お前、何？　今日は俺、バトル場には行かんぞ」

　俺の問いには答えず、龍一は女子高生たちを眺めながら「濡れた制服の下に透ける白い素肌……たまりまへんなあ～」と、舌なめずりをしている。こいつは時々変な関西弁をしゃべる。

「俺も泳ぐぞお」

　龍一はいきなりTシャツとGパンを脱ぎ捨てると、制止する間もなく、トランクス一丁で川に飛び込んだ。それを見ていた女の子たちは身の危険を感じたらしく、水しぶきをあげながら龍一と反対方向へ逃げていく。

　龍一はそれ以上は彼女たちには近づかず、ざぶんと頭からもぐったり、巨大なラッコのようにぷかぷか巨体を浮かせて漂ったり、そうかと思うと大げさにクロールで泳いだり、ひとりで水遊びを始めた。最初は顔がひきつっていた彼女たちだが、そんな龍一を見てけらけら笑いはじめた。変質者だという誤解が、どうやら溶けたらしい。

「五郎、おまえも川に入れ。水の中は涼しいぞお～」

　犬のように立ち泳ぎしながら、龍一が叫ぶ。

「やだよ。俺、まだ勤務中だし」

「こんな炎天下に客なんて、誰も来んよ。それに、おまえ、接岸がむずかしい時、いっつも川の中にざぶんと入っとるで、どうせ濡れてもおんなじだら」

「何言っとる。これでも最近はスムーズに接岸できるようになったんだ」

川から海ぼうずみたいな頭を出し、龍一は太い両手をのばしてちぎり丸に上がってきた。犬が水から上がった時みたいにぶるるると武者震いをするから、こっちにまで水しぶきがかかる。顔をしかめてにらむと、いきなり首根っこをつかまれた。抵抗したが、あっという間に川の中へ無理矢理引きずり込まれた。

ぱっしゃーん。

細かな水泡が全身を包む。いったん川底まで深く沈み、一瞬の静寂のあと、ふわっと身体が浮きあがった。


冷たい。冷たすぎる。必死にもがきながら、ようやく水面に顔を出した。重油がしみて目が開かない。息を吐きながら目をこじあけ、耳をぬぐう。気がつけば、自分は波間に漂っている大勢の兵士のひとりだった。泳ぎは得意なはずなのに、軍服の裾がまといついて思うように泳げない。編み上げ靴の重みがわずらわしい。水面に厚く層をなす重油。まるで水飴の中をのたうちまわっている感覚だ。

漂ってきた筏に必死でしがみついた。隣で筏につかまっていた若い兵隊は力尽きたのか「お母さん」と声をあげ、天をつかむように両手を突き上げたまま海の底へ沈んでいった。発狂したのか、大声で笑いながら沈んでいく兵隊もいた。

夜の海は静かだった。無数の青年たちは一発の弾丸も撃たず、一度も突撃せず、ただ〝水漬く屍〟となって、冷たい水底に沈んでいった。俺は、筏に脚半を巻きつけて自分の身体を縛り、夜の海を漂いつづけた。


ほんの一瞬だけど、水の底で不思議な幻影を見た。

まばたきすると、夏の空と入道雲が目に飛び込んできた。水の粒がきらきら反射して光っている。あー、冷たくて、気持ちいい！　身体にまとわりついていた嫌な汗と不快感が、スーッと引いていく。もうどうにでもなれと、しばし職場放棄し仰向けになってプカプカ浮かんだ。

川の真ん中から地上を見る。視点が変わると、両岸の河畔林の緑が大きく迫ってくる。ここって、こんなに緑に囲まれた場所だったんだ。

「痛てっ」

船に上がろうとして踏んばった時、足の裏に尖ったものが当たった。

「痛えなあ」

目をこらしながら、川底に沈んでいるモノに手をのばす。

「何だ、こりゃ?」

水の中から引き上げたモノは、八角形の形をした錆びた筒だった。遺物に知識がない俺でも、この物体が相当古いものだということは分かる。

「どうした？」

龍一が近づいてきたので、手に持って掲げて見せた。

「おお、これは」

龍一は素っ頓狂な声をあげた。

「お前、これ、どこで見つけただん？」

「どこって、ここだ。足の裏に角張ってザラザラしたもんが当たったたから、何かと思ったら……」

「これ、焼夷弾じゃねーかっ」

「ショーイダン？」

龍一は俺の手から遺物を奪うと、すげーすげーとわめいている。

「俗に、親子爆弾いうてな、地上から三百メートル上空で、一個の爆弾から四十八発の焼夷弾がばらまかれる。一個一個の焼夷弾には尾っぽに麻のリボンがついとって、尾翼の役目をするんだな。中にはナパーム剤が入っていて、先っちょの信管が地面に着地するとその衝撃でナパーム剤をまき散らして火が点くから周囲に燃え広がる。木造家屋が多い日本の都市を焼き払うために、米軍のカーチス・ルメイ大将が指揮して開発したもんだ」

さすが、戦争マニア。必要以上にやたら詳しい。

「なに、なに、何かいいもんでもあったんですかあー」と、女子高校生たちも集まってきた。興味津々な目つきだ。

「焼夷弾だって」

「ショーイダン？」

「あ、知ってる。おばあちゃんから、聞いたことがある」

「戦争の時、空から降ってきた奴だよね」

龍一が得意げな顔のまま言った。

「これ、おそらく豊橋空襲の時のやつだら。徳造爺さんに聞いてみな。年寄りなら、みんな知ってるから」

「へーえ」

俺は半信半疑のまま、錆びた筒をうやうやしく受け取り、とりあえず作業小屋の前に陳列しておくことにした。

数日後、あたふたとした様子で、小柳津課長が船着き場にやって来た。肩からぶら下げたちぎりマークのタオルで、しきりに汗をふいている。

「聞いたよ。高校生たちが、川で泳いだって？」

「はあ、そうです」

「だめなんだよ、高津くん。散歩してる人から市役所へ通報があってね。ライフジャケットまで貸したそうじゃないか」

「はい、貸しました」

「困るんだよなあ。ここは一応、遊泳禁止。そこに看板も立っとるだら？」

　俺は「そうでしたっけ？」と、とぼけた。看板があるのは知っていたが、雑草に埋もれていて誰も見ない。

「そうでしたっけ、じゃないよ。とにかく、ここは遊泳禁止。そこんとこの確認、ちゃんと頼むよ」

「いいじゃないですかあ」

　自分でも思いがけず、大きな声が出た。

「いいじゃないですか、川で泳ぐくらい」

　思わぬ反撃にあった地蔵の小さな目が、一瞬だけ大きくなる。

「よかない。ここは遊泳禁止。とにかく、規則でそう決まっとるでな」

　いいじゃないですか。泳いだって。失恋した時くらい思いきり泳ぎたいんですよと、さらに言いたかったが、一応上司なのでやめておいた。

「俺、おまえに言ったでな」と、課長もこれ以上話をこじらせたくない雰囲気だ。静かになったので顔をあげると、課長は作業小屋の入口で錆びた筒を手に持ち、顔を近づけて眺めていた。

「ところで高津、これ、どうしただん?」

「川の中で拾ったんですよ、おとつい」

「こんなの、まだ残っとったんか。豊川べりにも焼夷弾ようけ落ちたからなあ」

「課長、知ってるんですか? 焼夷弾のこと」

「知っとるも何も……。俺は豊橋空襲の時、家族と一緒に火の中を逃げまわっとっただ。家が焼けて路上に放り出され、大変な思いをした」

「へー、そうなんですか」

「へえーじゃないわ。人ごとみたいに言うな」

相槌を打っただけなのに、怒られて損な気分だ。腹いせに胸の中で「だって人ごとですから。どうせ俺、生まれてませんから」と、つぶやく。

「梅雨の合間の、じっとり湿気がねばりつくような日だったな。そう、昭和二十年六月二十日の未明な」

誰も話を聞きますとも言っていないのに、それから課長はエノキの木陰に移動し、買ってきたラムネの瓶を俺に渡しながら、話しはじめた。

「俺は当時、松山国民学校の五年生だった。燃料屋の息子でな」

頭のてっぺん付近は白髪交じりで髪の毛が薄く、地肌がしっかり透けて見えていて、目の下の皮膚がだらんと垂れ下がっている老け顔の小柳津課長。その少年時代の顔が、俺にはまるで想像できない。

「その頃、戦争はますます激しくなっとったが、十歳の子どもにとってはあんまり関係なかったな。食料不足でいつも腹をすかせとったが、近所を駆け回って遊びほうけとった。その日の昼も空き地に友だちと集まって、ゴムで飛ばす模型飛行機の競争をしとった。自分の作った飛行機がうまく飛ぶと、まるで将校になった気分で得意になっとったなあ」

青空の向こう、白い雲の彼方に視線を定め、課長はゆっくりと語りはじめた。

その夜、小柳津少年は遊び疲れて、ぐっすり熟睡していたそうだ。真夜中の十二時頃に「起きりん、ゆきちゃん」という母親の声で叩き起こされた。ちなみに、小柳津課長の名前は、征男《ゆきお》という。「出征する男」という意味で、軍国主義の時代に生まれた男の子には、当時こういう名前が流行っていたらしい。

「空襲警報のサイレンが、夢のつづきのように鳴り響いてたな。俺、今でも甲子園の野球中継で、試合開始のサイレンを聞くのが苦手でなあ。身体が反応して、びくっとするだ」

空襲警報の鳴り響くなか、家族全員で一階と二階を飛び回り、着れるだけ服を着て、ランドセルを背負い、位牌や米穀通帳を袋に入れた。一家の大黒柱、頼りの父親は班長なので、隣組の警防団に出て行ってしまったという。

「畳を上げて床板をはずし、まずは自分たちで掘った防空壕に入った。家族六人息を潜めていると、そのうち壕の中まで油の燃える嫌な臭いがたちこめてきた。それから、ひゅー、どどーん、ざあーっと切れ目なく、焼夷弾の落ちる凄まじい音がした。これがまた、腸《はらわた》をえぐられるような、実に嫌な音なんだわ」

突然玄関の戸が開き、警防団のおじさんがブリキの一斗缶をガンガン鳴らしながら「ここにいちゃ危ない、逃げろ」と怒鳴ったという。

「二歳の弟を背中にくくりつけた母ちゃんについて、俺たち兄弟は避難をはじめた。俺はおばあちゃん子だったから、自然と婆ちゃんの手を握った。婆ちゃんの背中には仏壇の位牌や阿弥陀様、貯金通帳に瑪瑙《めのう》の数珠など貴重品のたぐいがぎっしり詰まっていたな」

焼夷弾がバラバラッと、屋根や田畑の上に落ちてくるなかを、小柳津家の家族六人はひとかたまりとなって、火の中を走って逃げたという。

「火の塊のひとつひとつが空中で明るく炎を引いて落ちてくるんだ。落ちるとすぐに、横にさっと光が走り、周囲に燃えひろがる。近くに落ちてくる時には火だけじゃなく、ひゅるひゅると嫌な音を出す。そのたびに、俺たち兄弟は学校で教えてもらったとおりに、地面に伏せては耳をふさぎ目をふさいだが、そうしていても光も音も身体の中にばんばん入ってくるんだ」

　焼夷弾が落ちる様子は肉眼でもはっきり見えたという。黒く大きく先が尖っていて、真っ赤な火の柱が火花を散らし、空高く舞い上がっていた。

「角の家はまさに焼け落ちるところだった。道路の電柱は折れ曲がって、電線が垂れ下がっていた。とても熱くて通ることができそうになかった。が、逃げ道は他にない。母ちゃんはとっさに近くの防火用水から水を汲んで、俺たち兄弟の頭に水をぶっかけた。自分も水をかぶると、一気に走るでねと叫んだ」

　誰もが火のない道路を探して逃げまどっていた。頭に降りかかる火の粉は、払っても払ってもいつの間にか防空頭巾を焦がして煙が出る。

「背中が熱くなるたびに、防火水槽の水をかぶっては走った。省線の線路沿いまで来ると、巨大な乾繭倉庫のひとつが炎を吹いて燃えていた。屋根の上まで炎を吹き上げて、すごい勢いだ」

　小柳津課長は五十年前の興奮を思い出したみたいだった。

「俺はこの日、紅蓮《ぐれん》の炎というものを、生まれてはじめて見たな。誤解されるかもしれんが、引き込まれるような美しさだった。いやあ、すごかった。うずまき状の炎がぐるぐる燃えさかって天まで昇っていた」

　線路の上では機関車が脱線して、土手に横転していた。一家は、火が燃えているところを避け、東へ東へと、郊外の方へ逃げた。

「山田町か佐藤町のはずれあたりだったか、家族六人は、人家から遠く芋畑や竹薮の多いところへ身を寄せあって座り込んだ。農道からドブを飛び越し、夏草のにおいがムッとしているこのあたりは果樹園が多く、大きな柿の木が並んでいた」

爆音がやんだものの恐怖心は消えず、小柳津一家は家族みんなでひとかたまりになり柿畑で伏せていたという。そのまま兄弟たちは皆うつらうつら眠ってしまった。夜が白々と明けてきた。あたりを見回すと、家族が伏せていた所からほんの数メートルの所に焼夷弾が五、六本発火せずに土の中深く突き刺さっているのに気づいたという。

「あの時は、本当にぞっとしたで。ほんのちょっと弾がそれてたら、家族全員即死だったからなあ」

家に戻る途中の道の両側の畑や田んぼには、最後に落ちた焼夷弾がまだ激しく燃えていた。柳生川を渡る時、征男少年は何気なく河原を見た。立ち上る煙の間にたくさんの人が中洲で休んでいた。あんなに凄まじい空襲でも、川のほとりは安全だったんだなと思って近づくと、休んでいるように見えた人はみんな死んだ人だった。

「全身黒焦げでうつぶせに倒れている人、水辺に頭を突っ込んでそのままの人、万歳の姿勢で手をあげたまま倒れている人、子どもを抱いたまま横たわっている女の人……。静かだった。みんな、ただ静かに死んでいた」

市の中心部に近づくにつれ、地面から立ち上る熱気が強く、一家は手拭いで顔をおおいながら進んだ。暑くて苦しくて、肺の中まで火がつきそうな勢いだった。道の両側で黒焦げの死体が転がっていた、ひとまわり小さく炭の塊となって、男か女か性別も年齢もわからない、ほとんどが炭のかたまりだった。

「必死の思いで柳生橋までたどり着いたが、目の前の光景にあっと驚いた。柳生橋から駅にかけてローラーでならしたように一面の焼け野原になっているじゃないか。そこからは熱風で一歩も進むことができなかった。みんな放心したように、自分たちの家の方向を目をこらして見つめてた」

結局、小柳津家は店も母屋も何もかも、きれいさっぱり全部焼けてしまったそうだ。

「焼跡を棒でさばくっていくと、足踏み板や鉄の輪っかが出てきた。母ちゃんが大切にしていたミシンだった。大きな仏壇、チャンバラごっこで使っていた白柄の小刀、家族の写真や古文書の入っていた大長持も焼けた。一夜にして、家財道具一式がなくなり、着替えのシャツすら一枚もない乞食になってしまったんだ」

一家の姉が、がらくたをかき分けて呑気な声を出した。

「ご飯が炊けてる」

夜、水につけておいた米が、鉄釜の中で焼夷弾の熱で自然と炊けていたんだという。焦げた麦ご飯をおにぎりにし、家族全員で泣きながら食べた。

「悲しかったけど、あのおにぎり、うまかったなあ」

ここで、課長は大きな溜息をついた。

「その日から、防空壕の中での生活が始まった。まがりなりにも文明の時代から原始時代へと、一気に戻ってしまった感じだったな」

防空壕だけでは狭いので、焼け焦げた木切れやトタン板を集めて防空壕の上に掘っ立て小屋を建て、雨露をしのげるようにしたという。俺は昔、学校で見た『山椒太夫』の映画を思い浮かべた。長い旅の途中で、親子が雨露をしのぐ仮の住まい。木の枝に藁をかぶせただけの小屋、あんな感じかなと想像した。

「長く苦しい掘っ立て小屋生活が続いたが、市の中心部はみんな同じようなバラック生活だったから、ある意味、平等だったな。焼跡で七輪を出して煮炊きをし、軒下にあった用水桶が壊れずに残っていたのでその用水桶にお湯を入れて風呂に入った。目の前を人が通ってもさほど恥ずかしいとも思わんかったな。はて、年ごろの姉ちゃんはどうしてたんだろう?」

小柳津課長は首をかしげた。

六月二十日の空襲では、一夜にして豊橋の町は焼け野原になり、死者は六二四人にのぼった。負傷者三四四人以上、消失家屋一万七千戸。これは全家屋の七割にあたる。被災者は七万人に及んだ。

学校の校舎を使った避難所ではチフスが流行し、国民学校の校長先生も死んだ。赤痢が流行して秋までに三八五人もの市民が死んだということは、戦後何年もたってから知らされた。

昭和二十年。その年の豊橋市民が往来で出会った時の挨拶といえば、「焼けんで良かったね」と「焼けて気の毒にね」の二種類だけだったという。

課長は言った。

「戦後になっても長い間、母ちゃんは市内の町名を聞くと、あのへんは焼けなんだ、あそこは牟呂用水があったから、ぎりぎり焼けなんだ、あん人の家は焼けんくて良かっただねえって、何かにつけてうらみがましく言うとったもんだわ。自分の家が焼けたことが、相当こたえていたんだろうな」

課長は飄々と、いつもの口調で空襲の一部始終を語ったが、俺は話の内容に圧倒されてしまった。庶民に身近な戦争というのは、みじめで、情けなくて、つらくて、胸おどることなんか何ひとつない。

「さあ、これだけ聞いて、高津はまだ空襲のこと、人ごとだと思うか？」

俺は困ってしまって下を向いた。

「いえ、もう言いません」

何も言葉が出てこなかった、情けないことに。課長は、にやりと笑った。石地蔵が笑うと、とても不気味だ。

「なーんか、無理矢理言わせたみたいだなあ」

「いえ、そんな」

語られた体験が生々しくて、人ごとだと思えなくなったのは事実だ。しかし課長は何で俺に、こんな昔のことを長々と話すのだろう。

「お前の父ちゃんも子どもの頃に豊橋空襲を体験しとるはずだでな。これまで聞いたことないか？戦争のはなし」

「豊橋といってもうちは下条の田舎ですから、空襲あんまし関係なかったみたいですよ」

俺は首をかしげた。そうでなくても無口な父親は、子どもの頃の話をすることなんてまるでない。今度、それとなく母親に聞いてみよう。

コーンと、船よび板が鳴った。顔を上げると、マツ婆さんが杖をつきながらこっちへ歩いて来るのが見えた。柳の木の下まで来ると、白髪頭がゆっくりお辞儀をする。

「船頭さん、向こう岸まで、おたのみ申します」

俺はよいしょと自分に気合いを入れ、腰を上げた。

「うう、ぅ」

結構長い時間、うんこ座りのまま課長の話を聞いていたので、腰と足がセメントみたいにカチンコチンに固まってしまった。痛ええ。

今日の婆さんは、みたらし団子を持ってきた。黒く香ばしいタレがかかって美味そうに光っている。団子の串についた餅を歯でしごいている俺の傍らで、小柳津課長が婆さんに話しかけていた。

「婆ちゃん見たかん？　新米船頭が川の底から焼夷弾のかけらを引き上げただ。これを見たら、思い出すのん。婆ちゃんは、豊橋空襲の時、どうしてただ？」

婆さんは一瞬はっとしたような顔をしたが、五十年前の記憶を呼び覚ますように眉間にこまかなしわを寄せた。

「わしゃ、ちょうど嫁入り前でのう、湊町の在所におったが、昼間は女子挺身隊として豊川の海軍工廠へ働きに行っとっただ。空襲の夜は、焼夷弾が危ないいうて、近所の人とよばしを渡って逃げようとしたんだが……」

そこで婆さんの話は途切れた。

「空襲は、あんた、そりゃあ、おそがいのう。思い出すのも嫌だで。祇園の花火な、夜空に花火が飛んでいくひゅるひゅるいう音、ありゃ焼夷弾の音にそっくりでの。だもんで、わしゃ、花火大会が大の苦手なんじゃ。おばあちゃん、祇園の花火を見に行こうちゅうて、息子や孫が誘ってくれるが、わしゃ怖くて怖くて、今だに花火だけは見に行けんくてなあ」

焼夷弾の雨の中を、市中心部の市民は我先にと橋を渡って対岸の下地へ逃げたという。マツ婆さんもあの夜、とても怖い思いをしたのだろう。市街から下地へぬける橋の上で何を見たのか。

「だけんど、わしの空襲体験なんか、戦争行った人に比べたらもうぜんぜん。徳造さんなんて、あんた……」

「船井さんが？」

「何ちゅうても、あん人は、十八連隊の生き残りだでね」

「十八連隊って？」

「知らんのか、阿呆」と、小柳津課長が俺らの会話に割って入った。

「豊橋公園の入口に、今でも古い歩哨の小屋が建っとるだら。あれが歩兵第十八連隊の門の入口。今の豊橋公園と吉田城の敷地にあった連隊だ」

歩哨の小屋と聞いてピーンときた。花見や夜店で公園に行くたび、俺はいつもその横を通っていた。公園の樹木の下に、亡霊みたいにボーッと立っている黒ずんだコンクリート製の歩哨小屋は、こども心に怖いものだった。秘かに「幽霊電話ボックス」と呼んで、恐れていた。解説板も何もないが、今もまだボーッとあの場所に立っている。大人になってもまだ怖い。

「で、十八連隊って、どこの戦争に行ってたんですか？」

「古くは日清戦争、日露戦争。昭和に入ってからは満州。太平洋戦争が勃発してからはマリアナへ転戦した」

「マリアナってどこです？」

「高津くん、地理の時間に習っただら」

「ああ、俺、授業中いっつも寝てましたから」

「阿呆。グアムやサイパンといったら分かるら?」

「ああー、水着持って遊びに行くとこですよね」

「今じゃ南の島のリゾートか知らんが、五十年前はあそこで日本軍とアメリカ軍が死闘を繰り広げとった」

課長はにわかに沈痛な面持ちになって眉を寄せた。

「徳造さん、二十歳で徴兵されて満州からサイパンへ行っとった。サイパンに行く途中の輸送船にアメリカの魚雷が命中してなあ。船が沈没して海に投げ出されたが、翌朝、救助の駆逐艦に助けられたらしい。四千人おった兵隊のうち半分くらいが溺れて死んだそうだ」

「えっ、そんなに大勢?　九死に一生ですね」

「それだけやないで。命からがら着いたサイパンでも、アメリカ軍との熾烈な戦争が続いてな。突撃命令が出たが、奇跡的に生き残って帰ってきた人だで」

マツ婆さんが、溜息をついた。

「まあ、ほんに、よう戻ってきたもんやね」

俺は驚嘆の声をあげた。

「凄いですねえ。二度も。何て強運の持ち主……」

「まあ、殺されても死なん顔しとるけど」と小柳津課長は無表情なまま、ぼそっと言った。笑えないジョークだ。

俺は、深いしわに刻まれシミの浮き出た徳造爺さんの横顔を、頭の奥で思い描いた。

田んぼの稲は穂をのばし、青々と光っている。トウモロコシの背丈はぐんぐん伸びて、俺の身長をとうに越した。そこここの畑には、西瓜がごろごろしている。

船着き場近くのクスノキからは、朝から蝉の大群ががなりたてている。これ以上ないくらいの大音量で。

生きている、生きている、俺たちは生きている。生きている、生きている、と叫んでいるように聞こえる。わかった、わかった。蝉たちよ、お前らの主張は十分にわかった。だから、もうそんなにがなりたてないでくれよ。もうちょっと静かにしてくれんかなあ。おまえらの声を聞いていると、よけいに暑さが増してくるんだから。

それにしても、暑い。暑すぎる。頭のてっぺんから汗がだーだーに流れ落ち、目に入ってしみる。だから最近はヤンキースの野球帽を放棄し、頭にタオルをぐるぐる巻きにして汗止めにしている。市役所勤務の奴らはクーラーのかかった部屋で涼しく仕事をしているのかと思うと、くっそーと思う。

首にもタオルをかけ始終汗をふきながら仕事をしている。お客さんからは、「船頭姿が板についてきたな」なんて言われる。悪い気はしない。「徳造さんみたいに菅笠をかぶったら？」とも言われるが、爺むさいので、それだけは勘弁だ。

正午を過ぎて、土手の向こうからゆらゆら人影がやってきたと思ったら、白のランニングシャツに短パン姿の浜やんだった。麦わら帽子の下の日焼けした顔が「暑いのに、ごくろうさん」と笑い、近くのコンビニで買ってきたバニラアイスを気前よく袋ごとポンとくれた。他に誰もいないので、俺が三個とも全部食べた。炎天下というのに、アイスはちょうどいい具合に溶けていた。「あそこのコンビニ、冷凍庫の温度が低すぎてなあ、買ったアイスはいっつもカチンコチンでスプーンですくえんじゃんねえ。だからいっつもゆっくり土手を散歩して来るの。そしたらちょうどいい塩梅にアイスが溶けててちょうど食べごろになっとるんだわ」と、前歯の欠けた口でくしゅっと笑う。この浜やんは、豊川沿いのホームレス村の住人との噂だが、そのわりには金まわりがよく、いつも人に何かをおごっている。

気温は連日三十三度超えでとびきり暑い日だったので、冷たいアイスは身体にしみた。史上最高の高温だった去年に比べたら少しはましかもしれないが、今年の夏も十分暑い。ラジオのニュースを聞くと、暑さで倒れる人が続出している。畑で草むしり中の婆さん、工事現場のおじさん、病院通いの爺さんが炎天下にバタバタと倒れている。

夕方になって、小学生の兄弟二人がやってきた。今日も釣りざおを持ってきている。真夏になっても、ハゼが順調に釣れているようだ。

太陽が少し陰ってきた頃、護岸に釣りざおを置くと、突然お兄ちゃんがTシャツを脱ぎ始めた。

「ここで泳ぐの、練習する」

パンツ一枚になったお兄ちゃんは、ざぶんと川に飛び込んだ。すぐに弟くんも後を追って水しぶきをあげた。お母さんは「あーあ」という表情で、兄弟の服を拾い集めている。

「うちの小学校、八月になったら六年生は豊川を横断する伝統の水泳大会があるんですよ。吉田大橋の近くで、南岸から北岸まで百五十メートルも泳ぐから結構ハード。親も総出で、監視員として子どもたちを見守るんです」

「へーえ、大きな行事なんですねえ」

「学校行ってないのに、お兄ちゃん、水泳大会だけは出るってはりきってるんですよ」と、お母さんは笑った。

小柳津課長の困った顔が一瞬頭をよぎったが、川の中で笑いあう子どもたちの姿を見ているうちに、もうどうでもよくなってしまった。

泳ぎたい奴が自由に泳ぐ。ここに川があるから。まあ、それで、いいら。

七月中旬、遊泳禁止の看板は何者かの手によって引き抜かれ、行方不明になった。そして一週間後、大村側の竹藪の奥に投げ捨ててあるのが発見された。誰がそんなことをしたのだろう。犯人はわからない。サワサワと音をたて、涼しげに揺れている竹たちだけが真実を知っていた。

俺は小柳津課長の指示で、頭から大量の汗を流しながら、大きな杭を打ち、もとの場所に看板を固定した。翌日、遊泳禁止の看板には、手書きのマジックで次の言葉が付け加えられていた。「ただし、船頭の許可を得た者は、遊泳を許す」と。

「今日は祇園の花火があるら。少し早いけど、終わりにすまい」

めずらしく徳造爺さんが早じまいをしている。花火が…と言うわりには、自分は花火大会に行くつもりなんか、これっぽっちもないくせに。いったん牛川の市営住宅に戻ってから、パチンコをしに行くのだろう。その後は、東田の馴染みのスタンドにでも飲みに行くのか。

俺は龍一と、花火見物の約束をしていた。「花火が見たい」とせがむ弟の六郎も一緒だ。日没前後の空はまだ明るい水色で、その背景にピンク色の雲が流れているのがきれいだ。

豊橋公園が近づくにつれて、家族連れやカップル、花火見物に押し寄せる人々が、どこからと思うくらい湧き出してきた。普段このあたりはひと気も少なく閑散としているのだが、さすが祭の日は違う。人の波に押されながら歩くはめになった。

例年は松葉公園で見ていたが、今年は豊橋公園奥、朝倉川を渡る小さな橋を渡ったところで見物することになった。穴場らしく、雑草の生い茂る広場は、まだ人波もまばらだった。左手には吉田城の森が広がり、金色島を正面に見て、目の前には豊川がゆったり流れている。仕掛け花火も正面でバッチリ見える。なかなか良いポイントだ。

集合場所に現われた龍一は、驚いたことに浴衣姿の女の子と一緒だった。褐色の肌に赤い唇。大きな目。エキゾチックな顔立ちが、紫陽花柄の浴衣に似合っている。女の子は俺たちを見つけると、弾けるような笑顔をみせた。

「わたし、ナタリアです。よろしくね」

「ナタちゃんでいいよ」と、サングラス姿の龍一がにやけた顔で笑う。

聞けば、日系ブラジル人で、数年前家族と一緒に来日し、湖西の自動車部品工場で働いているという。知らない間に龍一にこんな彼女がいたとは！　まったく隅に置けない奴だ。「どこで知りあった？」と小突くと、龍一は「キングアンドクイーン」と耳打ちする。地元で有名かつ唯一のディスコである。

「あそこはええぞ。若い女の子いっぱいおるしな。今度、お前も連れてっちゃる」

サングラスの下の小さな目が、ミミズのようにやにや下がっている。

「ゴルゴ、りんごあめ買ってぇ」

ナタリアが甘えた声を出す。

「早くぅ。坊ちゃんにも買ってあげてよ」

「おう」と返事して、龍一は草履の音をたて、客寄せの声がにぎやかな屋台の方へ向かった。ついでに人数分の幕の内弁当と缶ビールのパックも買って戻ってきた。

草の上に大判のビニールシートを敷いて、四隅に保冷バッグや靴を置く。ふと見ると、六郎はナタリアの浴衣の膝の上にちょこんと座り、涼しい顔でりんごあめを舐めている。「兄ちゃん、チョコバナナも買ってきてえ。お姉ちゃんの分も」

「なんで俺が。六郎、おまえが買ってこいよっ」

そう怒鳴ると、六郎は甘えたような声を出した。

「だって、このお姉ちゃんの膝、気持ちいいんだもん。離れたくなーい」

おいおい、子どもだと思って、実に大胆な奴だ。ちょっぴりうらやましい気持ちを隠して、俺はチョコバナナを買いに立ち上がった。

日没後の空には、黒い雲と白い雲、ピンク色の雲が混ざりあって浮かんでいる。夕闇があたりを覆い始めた。

弁当をつまみ、ビールを飲んでいるうちに、打ち上げ花火が始まった。ポーンと大きな音にびっくりした鳥たちが、お城の森に向かって飛んでいく。川面に渡した仕掛け花火に火がつくと、白い火が滝のように水面に流れ落ち、空中に張られたロープの上を花火が勢いよく走る。

頭上では空高く、赤や黄色の打ち上げ花火が大玉に弾けては消える。まっすぐ夜空に上がっていき、ぱっと弾ける。腹にドーンと響き渡るような音だ。川向こうの桟敷席の白い明かりが、川の流れに揺れている。六月、吉川先生と流した空襲供養の灯籠を思い出す。

大玉に弾ける三尺玉はいろいろな色とパターンがあって見飽きない。オレンジ色の星が尾を引いて飛ぶ〝菊〟、色や光の点描画のような〝牡丹〟、金色の星が光線を描いてゆっくり落ちていく〝枝垂れ柳〟。

「わあ、空から火が落ちてくるぅ」

歓声を上げ、火の粉を受け止めようと、六郎は腕をのばした。

「すごーい、きれい」と、興奮して身体を揺らすナタリア。横座りしている彼女の浴衣の裾がだんだん乱れ、形のいい素足がのぞくのが気になる。きれいに並んだ足の爪には、真っ赤なペティキュアが塗られている。

クライマックスでは、華麗なスターマインが弾けた。

「あーっ、あじさいの模様。ナタちゃんの浴衣の柄と同じだあ」と六郎が叫ぶ。

たたみかけるような連打の最後に、白い火の粉がチカチカ光を放ちながらスローモーションですべり落ちていく。火の粉の粒が天から降ってくる。

花火を揚げるのは、亡くなった人たちを悼む鎮魂の意味もあるという。

俺は豊橋空襲で死んだ人たちのことを思った。徳造爺さんも小柳津課長も、おそらくマツ婆さんも、戦争で人が死んでいく姿を見てしまったのだ。初年兵時代の思い出話はしても、満州やサイパンの話はしない徳造爺さん。家族からどんなに誘われても、花火を見に行く気持ちになれないマツ婆さん。

ひゅー、どどーん。

夜空を焦がして花火の華が咲く。流れるような火の粉と明るい色彩。その華やかさは、終わることのない夢のようだ。

花火を見上げながら、それでも俺は、いつの日か徳造爺さんやマツ婆さんの口から直接、戦争の話を聞いてみたいと思った。

# 第三章　川べりの桃源郷

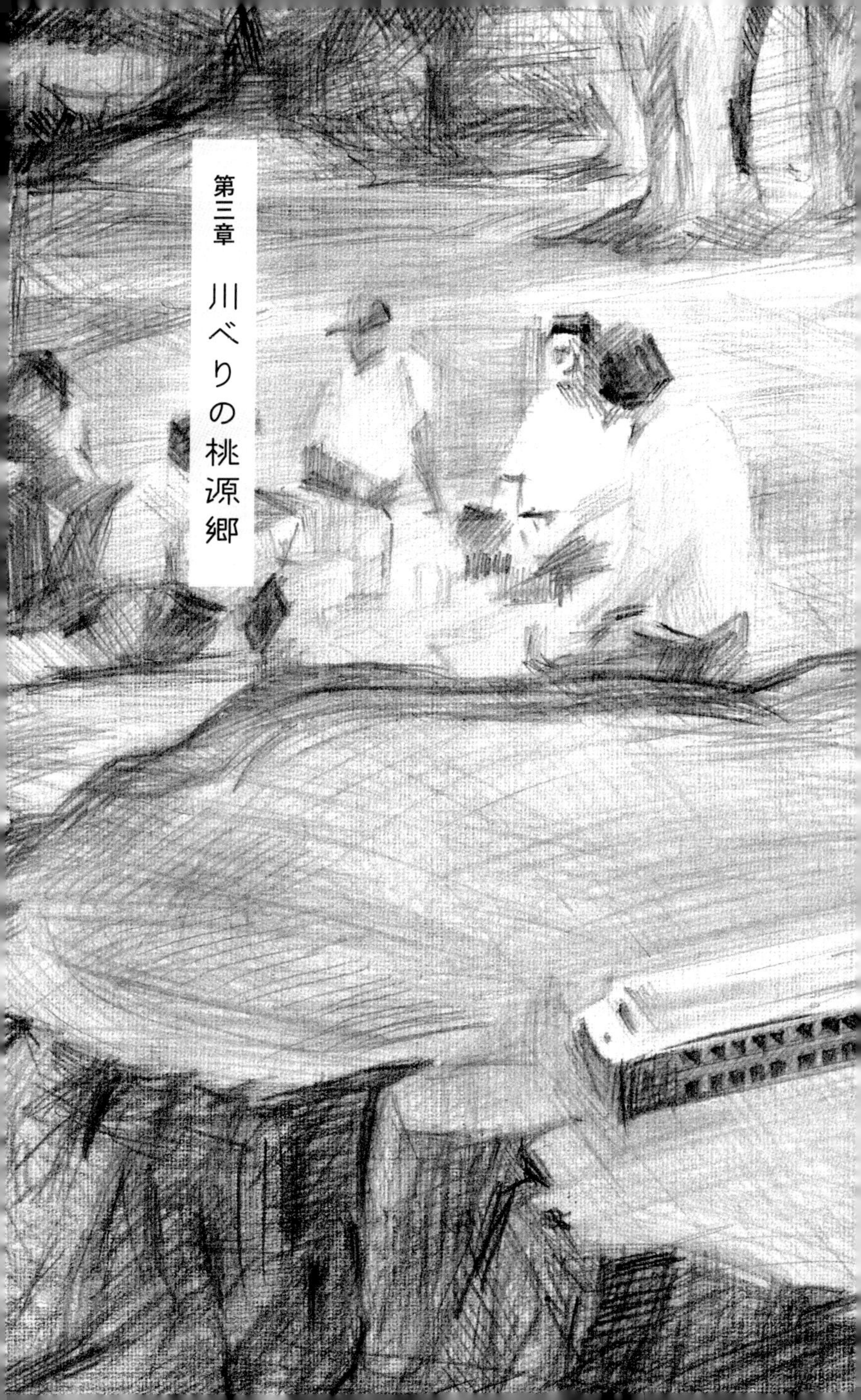

秋の始まりは新米船頭の俺にとって、ちょっとしたバブルだった。牛川の渡しがテレビの取材を受けたのだ。

中高生向きの教育テレビの三十分番組で、テーマは〝高校生の通学路〟。高校生たちのちょっと変わった通学路を取り上げるという趣向で、渡し船に自転車を乗せて学校に通う高校生たちにスポットが当たった。ポニーテール、ゲラ子、ぽっちゃりの三人の女子高生たちが主役だ。

彼女たちを乗せて船をあやつる船頭として、この俺もさっそうと登場した。というのも、番組ディレクターの意図としては「女子高生と船頭さんとの心温まるふれあい」を演出したかったのだが、徳造爺さんはいつものとおり、ぶすっと押し黙ったまま棹をさしているだけだったので、急きょ船頭は俺の出番となったわけだ。テレビの撮影隊は早朝から夕暮れまで、ほぼ一日中俺たちに張り付きながら撮影を行い、最後はディレクターが夕陽のシルエットを撮りたいと切望し、運行終了後もしぶとく残って撮影を続けた。

息子がテレビに出るんだわと、母親が言いふらしたせいで、番組放送当日は親戚や近所の人が我が家の居間に集結し、酒や肴を前に大勢でテレビを囲んだ。大人から子どもまで、たくさんの人たちがみんな揃って一台のテレビを見るなんて、まるで昭和のお茶の間の風景だ。

三十分番組の中で牛川の渡しが登場したのは、わずか五分と予想よりも短かったが、高校生たちは実物より可愛くキュートに映っていたし、ヤンキースの帽子をかぶった俺は現代っ子の新人船頭さんとして紹介されていた。画面の端の方には、菅笠姿の徳造爺さんの無愛想な顔も映り込んでいた。

俺が牛川の船頭をしていることが、豊橋中どころか、日本全国に堂々と知られてしまったのだ。もうこれで「お前が船頭やってることを言いふらす」と、龍一に脅迫されることもない。この仕事を始めて半年が過ぎた。一日の流れや段取りも分かってきたし、川に落ちる回数も減ってきたし、まあ、とりあえずはこの船頭の仕事を続けていこうと、気持ちがふっきれてラクになったことも事実だ。

テレビの効果はすごい。放送翌日から、牛川の渡しには毎日大勢の客が押し寄せる事態となった。平安時代から綿々と続く渡し船に一度乗ってみたいという、物見遊山な客ばかりだ。
「これが噂の渡し船かあ。一回乗ってみたかったのよね」
「ほんと、モーターも何もない船なのね。オドロキ！」

赤ちゃん連れ、杖をついたお年寄り、ハイヒールをはいた女性客なんかもいたから、船の乗り降りの際はとても気を遣った。香水の匂いを漂わせたマダムたちは、乗船するや使い捨てカメラでやみくもに写真をぱちぱち写し、俺を見ると「テレビに出てた人ね」とはしゃぎ、一緒に写真に入りたがった。

ちぎり丸という名前に「どっかわいい！」と声が飛び、船の動きと一緒についてくるワイヤーの説明をすると「ハートの金具どっかわいいい！」と歓声をあげる。乗船中に立ち上がって歩きまわる客もいて、俺は「乗船中は座ってくださあい」と声を荒げた。

ちぎり丸が対岸の大村側に近づくと「あら、向こう岸に着いてもなーんにもないのね」と、マダムたちから落胆の声がもれた。

つばの広い帽子をかぶりサングラスをかけたおばはんが、溜息混じりに声を出した。

「ねえ、ここに茶店でも建てて、お団子でも食べられたらいいのに」

「いいわねえ、お団子」

「そしたらアタシ、これから何べんでも船に乗るわ。お団子食べに」

「私たちって、いつも花より団子よねえ」

おばはんたちは、けたたましい声で笑いあった。

そんな会話を聞きながら、俺は頭の中で、大村の岸辺に小さな茶店が建っている風景を空想した。柱によしずを立て掛け、みたらし団子やおはぎなんかを店先の床几で出すような、こじんまりとした店だ。船を下りた観光客は、皆一様に茶店をのぞいていく。

「いらっしゃいませ」

暖簾をかきわけ、絣の着物姿の若い女が店先に出てくる。手拭いで頬かむりしているが、ふと振り向いた顔は、サバイバルゲーム場の女スナイパーだった！

「船頭さん、あっちへ戻りたいから、船を出してくださいな」

　おばはんの図太い声に我に返った。茶店の幻想は吹っ飛んでしまった。

「あ、はい、はい。もう戻っていいんですね」

　誰ひとりとして、大村側には下船しないようだ。向こう岸へ行く目的がなく、乗船体験だけの観光客だから、あたり前か。

「つまんないわね」

「渡ったところには、何もないんだもの」

「船に乗ってる時間が五分だけなんて。ちょっと退屈かも」

　何日もこんなやりとりが続くと、いいかげん観光客たちの勝手なつぶやきを聞くのが、苦痛になってきた。昔気質の徳造爺さんなら、なおさらだろう。

　俺の不安は的中した。翌週、小柳津課長があたふたした調子で船着き場にやってきた。爺さんが観光客を船に乗せずに追い返し、市役所に苦情の電話がかかってきたらしい。

「困るんだなあ」

　小柳津課長は地蔵頭を激しくかきながら、眉を寄せた。

「爺さんにはきつく言い渡したんだが、何せ年寄りだから融通がきかんでなあ。それにしても乗船拒否なんて、もってのほかだ」

課長の話を総合すると、船べりから身を乗り出して写真を撮りまくる客に対して、徳造爺さんは「あんたら帰れ。用もないのに船に乗りに来るんじゃないっ」と大声で怒鳴ったらしい。

「高津くんは分かってると思うが、乗船体験だけの客にも優しく接してくれよな。観光客はわがままな面もあるんだが、何せ渡し船は道路扱い。多少のことはこらえてやってくれ」

しかしこの問題については、さほど心配することもなかった。三週間もするとテレビ効果のにわかバブルは過ぎ去り、船着き場は常連客を相手にするだけの、いつもの静かな日常を取り戻したのである。

そんなある日、高校以来の悪縁、荒川龍一から久しぶりに電話がかかってきた。

「おう、テレビ見たぞ。女子高生相手に、なかなかいい男に映ってたじゃないか」

「あの子たち、テレビの撮影じゃ可愛い子ぶりっこしてたけど、俺、ふだんから全然相手にされてねえよ。だからほら、毎日お世話になってる船頭さんに感謝の手紙を渡すというシーンは、あれは演出上の映像なっ」

「ああ、どうせ、そんなことだろうと思った」

「それよりお前、ブラジル人の彼女とはうまくやってんのか?」

「まあな。駅前で買い物とか、ディスコ行くとかで、最近は車の送迎ばっかりやらされとる」

「アッシー君かい。惚れた男の弱みかあ」

龍一はひと呼吸おくと「それよりな、五郎。今度の土曜日、また久しぶりにサバイバルゲーム場、行こまい」と言った。

「またかよ。お前も懲りない奴だな」と毒づきながらも、心が動いた。前回はヘルメットのぬげた額に集中的に弾を浴び、脳しんとうで気絶するという悲惨な目にあった。肉体的な痛みはなくなったが、あれから心の隅っこに、魚の小骨みたいに引っかかっている感覚がずっと続いていたのだ。

龍一の図太い声が、受話器の奥からガンガンひびく。

「ほら、あのスナイパー、女の子だったじゃん。俺、これまで女子中学生にずっとやられっぱなしだったのかと思うと落ち込んでなあ。ちょっと足が遠のいていたんだが、やっぱりそれじゃいかん。逃げていてはいかん。女だからって手加減はいかん。敵のスナイパーはやっぱり、俺の手で倒さんといかんと思い直してな」

「中学生相手に、なにムキになってんだよ」

「あの子は俺らの、倒すべき神なんじゃ」

はあ？　また、わけのわからないことを言う。戦争マニアって、正直何考えてるのかまったく分からない。それでも、俺は龍一の誘いを受けて、次の土曜日、サバイバルゲーム場へ行くことにした。心の奥に引っかかる小骨の正体を確かめたいという気持ちもあったから。

土曜日の朝、いつものように船着き場に行くと、龍一の隣に吉川先生がいたので驚いた。工事現場でかぶるような白いヘルメットをかぶり、作業着の上下を身につけている。なんか、全然似合っていない。

「先生、その格好は……」

吉川先生は俺に気がつくと、メガネをかけ直し相好を崩した。

「あ、五郎くん。今日は荒川くんにお願いして一緒に同行することになってね。よろしく」と、眉毛を下げる。足元を見ると、魚河岸の親父がはいているような白い長靴まではいている。

龍一をつつくと「急に頼まれてなあ。生徒を補導する隠密作戦なんじゃないか?」と苦笑いした。

俺たち三人は、ちぎり丸に乗りこみ、向こう岸へ移動した。徳造爺さんは今日も相変わらず無愛想だ。不審な眼差しで俺たちを眺めている。何で先生まで戦争ごっこするだかん?と言いたげな目つきだった。

時おり強い風が吹く。本宮山の上空から灰色の雲が近づいてきている。菅笠の下で爺さんがつぶやく。

「雲行きが怪しいのん」

鳥たちがあわてた様子で、茂みの奥へ飛び立っていく。

「帰りは雨かもしれんぞん」

古い鉄工所を改装したサバイバルゲーム場〝ペンタゴン〟には、すでに大勢の男たちが集まっていた。姿は見えないが、この中にあの少女もいるのだろうか。受付をしているうちに、ぽつりぽつりと雨が降ってきたので、俺たちはあわてて建物の中へ入った。

前回の轍を踏まないよう、ヘルメットのベルトをぎゅっと固く締める。ピーッと笛が鳴って、一回目のバトルが始まった。龍一が後ろを振り返った。

「いいか五郎、生き延びるコツを言うぞ。ぱっと出てぱっと撃つ。撃ったら、さっと身を隠す。動作はメリハリよく、な」

それが出来ていれば、これまでの人生、苦労していない。

俺の背後にいた吉川先生が、身を乗り出し唐突に叫んだ。

「おーい、水谷、三年一組担任の吉川だ」

何の反応もない。

「聞こえとるかー」

ババババッと、どこからか弾が連射で飛んできた。姿は見えないが、ちゃんと聞こえているらしい。

「おーい、水谷。こんなところから出て、先生と一緒に学校へ戻ろう」

先生はあきらめずに、へっぴり腰のまま叫び続ける。

「銃ばかり撃ってないで、たまには学校出て来いよお。先生はいつでも待ってるぞー」

こらえきれずに龍一も叫んだ。

「コラ卑怯だぞ。無駄な抵抗はやめて、姿を見せろっ」

弾が雨あられのように降り注いできた。三人そろって、あわてて身をふせる。ヘルメットの下から、果敢に吉川先生が叫ぶ。

「水谷、おまえ今年は最終学年だ。卒業だけはしたいだろう」

あれ、中学って誰でも卒業できるんじゃ?と言おうとしたら、龍一の大きな手に口をふさがれた。むぐぐぐ。

吉川先生は、なおも叫ぶ。

「水谷、話し合おう。先生は何でも話を聞くぞ〜」

声をかき消すように、ＢＢ弾が連射され、バリケードの波板に当たって弾ける。龍一も見えざる敵に向かって呼びかけた。

「隠れとらんで、出てこいやあ。一対一で勝負するぞ!」

俺もやけくそになって叫んだ。

「そうだ、隠れてないで、正々堂々出てこーい」

前回撃たれて倒れる刹那に見た、長い髪の少女。前髪の奥からあらわれた切れ長の瞳。「大丈夫?」と心配して優しく駆け寄ってくれた彼女は、夢マボロシだったのだろうか。

郵便はがき

お手数ですが
切手を
お貼りください

〒441-8052
愛知県豊橋市柱三番町 79 これから出版

公務員船頭 牛川の渡し物語

読者カード担当 行

さしつかえない範囲でご記入ください。

| | | |
|---|---|---|
| フリガナ | | 男・女 |
| お名前 | | 年齢 歳 |
| フリガナ | | |
| 住 所 | 〒 | |
| 電 話 | (  ) − | |
| E-Mail | @ PC / 携帯 | |

# 公務員船頭　牛川の渡し物語

このたびは本書をご購入頂きましてありがとうございます。
下記アンケートにお答えいただき、ご感想をお聞かせいただければ幸甚に存じます。

■ご職業
・会社員　・自営業　・公務員　・団体職員　・学生
・パート／アルバイト　・主婦／主夫　・無職
・その他（　　　　　　　　　　　　　　　　　）

■本書を何で知りましたか
・新聞で　・書店で　・知人に勧められて
・その他（　　　　　　　　　　　　　　　　　）

■本書についての感想
・良かった　・普通　・違和感を感じた
・その他（　　　　　　　　　　　　　　　　　）

■その他、自由にご感想をお書きください

ありがとうございました。

「水谷、撃つな。こんなこと、もうやめろっ」

ぴしぴしぴしっ。

激しく弾が飛んできた。盾となっているドラム缶に無数の弾が当たる。少しでも動いたら命中させてやるぞといわんばかりだ。驚いたことに吉川先生は弾を受けて逆上したのか、大胆にも前に走り出て銃を撃ちまくっているではないか。反戦平和の使徒がどうしたことか。激しく弾が飛び交う戦場では、信念もどっかに吹っ飛んでしまうのだろうか。

びしっ。

「痛てーっ」

先生に気をとられ身を乗り出していたせいか、胸に数発の弾を浴びてしまった。痛さに、身体をくねらせて身もだえする。ぶざまな俺の姿を見て、龍一は笑いをかみ殺しながら宣告した。

「はい、五郎くん死亡。すみやかに退避部屋へ移動してくださーい！」

俺は両手をあげて降参のポーズをとりながら、ひとり廊下の先の退避部屋へと移動した。ここは撃たれた者たちがゲーム終了まで過ごす場所で、小部屋ながらトイレとエアコンが完備され、ソファと漫画本のある快適な空間である。

戦死するのも悪くない。ソファに寝そべり、傍らの漫画週刊誌に手をのばしかけた時だ。小部屋の窓越しに、裏口から小柄な女の子が外へ出ていくのが見えた。

気がついたらとっさに足が動き、俺は彼女を追いかけていた。

「逃げるつもりかっ」

後ろを振り返った小さな顔が「やばい」と歪んでひきつっている。

「ちょっと待てーっ」

駐車場をすり抜けた少女は敷地外に飛び出し、キャベツの苗が植え付けされたばかりの畑の間を走っていく。

「待てってば」

石にけつまづきながらも、畑のあぜ道を追いかけた。ラジオをかけて農作業中のおばさんが、びっくりした顔でこっちを見る。

「待てーっ」

時々、後ろをふり返って赤い舌を出すのが、憎たらしい。俺をあざ笑うかのように、キャベツ畑の中をジグザグに走る。

「ちょ、ちょっと待ったあー」

さすがに息が切れてきた。編み上げブーツが足に重い。

「なあ、先生に突き出さんから。ちょ、ちょっと待って」

ひとまず鬼ごっこは終了した。女子中学生は、堤防の斜面の草むらに突っ立って、こっちを見下ろしている。

「どん臭い……。運動神経、ほんとにないね」

　くしゃみをかみ殺すように、くっくっくっと笑う。

「なんで笑う？　失礼じゃんか」

「だって。あんまり変な走り方するんだから、おかしくって。笑える～」

　ヘルメットの下から白い歯がこぼれる。この子の笑った顔を初めて見た。ゆるゆるとこっちの緊張も溶けていく。

「ほっとけ。余計なお世話だ」

　肩で息をしながら、彼女はまだこっちを見て笑っている。笑いながらも、挑むような目つきは変わらないままだ。

「なんでいっつも逃げる？　いい先生じゃんか、吉川先生」

　少女の顔から笑いが消え、表情が固くなった。

「先生になんか会いたくない。どうせ学校に来なさいって言われるだけじゃん」

「あたりまえだろ。それが先生の仕事なんだから。まあ、話だけでも聞いてやれよ。吉川先生、あんな慣れない格好までして会いに来たんだから。会ってやるのが人間としての礼儀だ」

　言ってから、あれっと思った。この俺が人に礼儀を説くなんて。

「学校には、……もう絶対に行きたくない」

俺はひと呼吸つくと、ラディッシュ温室の横に座り込んだ。少女の声が響いた。

「走るの、遅いね。ほんものの戦場だったら、真っ先に殺されてるよ」

「いいんだよ。別に。どうせこの先、戦争に行かされることなんてないんだから」

「へえ、そうかな？」

少女は堤防の斜面の草の上に、体育座りする姿勢をとった。逃げるなよ、逃げるなよ。俺は花びらにとまった蝶をつかまえるようにそーっと慎重に近寄り、二メートルばかりの距離をおいて座った。もう彼女は逃げようとはしなかった。

「俺な、すぐ近くで船頭やってんだ」

船頭という言葉に、眉毛が上がる。

「そこの竹林を抜けたところにある、牛川の渡し。一度、遊びに来いよ。船にも乗せてやる。ひまな人の集まるとこだ。ホームレスのおっちゃんや、学校行かずに毎日釣りに来てる小学生の兄弟もおるよ」

「ふうん」

少女は肩にかけたデイパックにヘルメットをしまうと、カーキ色の野球帽を取り出し目深にかぶった。

バトルフィールド場の方角から、吉川先生と龍一がこっちへ来るのが見えた。あっとふり向いたら、すでに少女は姿を消していた。堤防を走り去る影だけが残像として残った。草むらの中に〝キキとララ〟のイラストが表紙の小さなノートが落ちている。帽子を取り出した時に、うっかり落としたのだろうか。

大きな身体を揺らして走ってきた龍一が叫んだ。

「何しとるんじゃ。つかまえとかんかいっ」

息せききって走ってきた吉川先生が、俺に言葉をかける。

「水谷、何かしゃべってた？」

「俺、運動神経ないって言われました」

「それは前から分かっとる」と、龍一が怒鳴る。

吉川先生はじれったそうな顔のまま、矢継ぎ早に質問する。

「学校のこと、何か言ってたか？」

「学校に行きたくないって言ってました」と俺。

「それも前から分かっとる」と、龍一がまた怒鳴った。

走ってきた二人は堤防の上にへなへなと腰をおろした。

「走るの遅い五郎に追いかけさせたんが、間違いやったな」

吉川先生の話によると、少女の名前は水谷和香。中学三年生だが、二年生の秋から不登校を続けている。担任や学年主任の先生が会いに行っても自分の部屋から出てこない。中流家庭の一人っ子で、両親も手を焼いている。それでも、サバイバルゲーム場に出入りしているんだから、お小遣いはたっぷり与えられているのだろう。

「ああー、惜しかった。あともう少しのところで、水谷と会えたのに」

まだ荒い息のなか、吉川先生はつぶやいた。まるで初恋の人とすれ違いになった時のように、顔を上気させて。

九月も下旬になると空気が澄んできて、空の青が濃くなってきているように感じる。船着き場の水も澄んできて、小魚が群がって泳いでいる様子が見える。船を少し近づけただけで、小さな魚があわてて逃げていく。「ボラの稚魚だら」と、徳造爺さんが言う。どこからか、金木犀の良い香りも漂ってくる。

風の中に『天国と地獄』や『クシコスの郵便馬車』のメロディーが聞こえる。どこかの小学校で運動会の練習をやっているんだろう。「入場門に集合してくださあい」と叫ぶ、体育委員（きっとメガネをかけて背の高い優等生の女子なんだろう）の声を聞くだけで、昔の憂鬱な記憶がよみがえる。

万国旗はためく運動場では一度に全校生徒が走りまわるから、大量の砂ぼこりが舞って息も出来ない。入場行進の時、俺は緊張のあまり、いつも右手と右足が同時に出る。

「高津、手と足がそろってないぞ！」

朝礼台の上から体育教師に怒鳴られる。あせればあせるほど、左手と左足が同時に前に出る。理由はない。なぜか、そうなってしまうのだ。

人間ピラミッド種目では、いつも一番下っ端で大勢を支える役目だった。みんなの体重を支え切れず崩れ落ち、下敷きになって身体じゅう傷だらけなのに真っ先に非難される。体勢を崩すのは中層階の奴らの責任でもあるのに、濡れ衣もいいところだ。

クラス対抗リレーは足の早い奴だけを選抜して走っていれば良いものを、いつの頃からか民主主義的な〝全員リレー〟に変わり、足の遅い俺はクラス中から白い目で見られることになった。小学校、中学校とそんな状態が続き、それは高校になっても変わらなかった。

教室の中で誰かが言う。

「高津がおるから、うちらの組は負けるだら」

その時だ。いつも教室の最後尾に座ってにらみをきかせている荒川龍一が、突然でかい声を発した。

「そんなことというなや。五郎はいつも一生懸命走っとるだら。それが証拠に、通信簿の体育の成績、五郎は3を取っとる。運動神経はよくても体育の授業さぼっとる俺は2だがな。五郎のがんばりを教師も認めとるんじゃ。だもんで、お前らがつべこべ言う権利はないに」

俺が龍一の仲間になったのは、この時がきっかけだ。

ちなみに、龍一がどうして俺の通信簿の点を知っていたかというと、直前に体育の先生と次のような問答があったらしい。

先生「おい龍一、お前このまま体育さぼってばっかじゃ赤点取るぞ。何とかせいっ」

龍一（笑いながら）「先生、俺の下にゃ、まだ五郎がいますよお」

先生「いいや。あれで高津はなかなかがんばっとる」

龍一「そうですかねえ」

先生「俺は何でも一生懸命やっとる人間には、技能とは関係なく3をつける主義なんじゃ。お前もちっとは高津を見習えよ」

そんな事情を分かってるんじゃ、お前も体育の授業に真面目に出て3を取ったらどうだと思ったが、そうしないところが龍一らしいところだ。

陽が陰ってきた。午後四時頃か。

提の上をランドセルを背負った小学生たちが歩いてくる。四人の男の子は、子犬のように集団でもつれあいながら、にぎやかだ。子どもたちの声は風にのって、意外にはっきりと聞こえてくる。

「川沿いの散歩道、あるら。林に囲まれとるとこ、知っとる?」

「うん、ホームレス住んどるとこだら」

「こないだ塾の帰り、彦坂と一緒に、アルミ缶集めてるおっさんに石投げたら、逆ギレされてどびびった」

「えーっ、マジで?」

「一緒にいる犬もばーばー吠えるし。怖かったあー。どヤバくて必死に逃げた」

　少年のひとりが両手両足を振りながら、大げさな動作で仲間の笑いを誘った。

「めっちゃ気色悪い。どっかよそに行ってくれんかな。ホームレス」

「校区にホームレスが住み着くと迷惑だって、お母さんが言ってた。マンションの値段が下がるって」

「だいたいアルミ缶を勝手に持っていくのって、泥棒じゃん」

「だらあ?　ドロボー、ドロボー」

　子どもたちの会話は、笑い声とともに遠くに消え去っていった。俺は掃除の手を止めて、ひと休みしようと、ケヤキの木の下に座り込んだ。作業着のポケットからキキとララが表紙の小さなノートを取り出して、無造作にめくる。ノートの罫線を無視して、筆圧の強い文字が踊っていた。

〈今日から挨拶運動週間。朝は「おはようございます」、昼は「こんにちは」、夜は「こんばんは」。

その次に来る言葉は、いつも天気のことだけ。晴れていたら「いい天気ですね」。曇っていたら「曇り空ですね」、雨が降っていたら「よく降りますね」とつづく。で、それだけ。話すことは天気のことがすべて。肝心なことは何も話さない。挨拶とか天気の話とか、本当に馬鹿っぽいし、つまらない。先生は挨拶しましょうって言うけれど、退屈な挨拶なんて、わたしは金輪際言いたくない。〉

船着き場は午後の静寂に包まれている。周囲に誰もいないのを確認してから、俺は和香が忘れていったノートを最初から読んでいった。

〈はじめて異変を感じたのは、十月の連休明けの月曜日だった。教室の後ろには先週行った遠足の写真が貼られていて、わたしの顔のところだけグサッと画鋲が刺さっていた。男子と女子が四、五人集まってて時々ちらっとこっちを見て、ヒソヒソ話をしている。わたしが近づくと、みんながサッとよけた。押し殺したような笑い声が聞こえた。教室でも廊下でも誰かに話しかけようとすると、みんなそろって顔をそむけ、逃げるように走り去ってゆく。昨日まで仲良しグループだったユキコちゃんもトモヨちゃんも表情を固くして、あえてわたしと顔を合わせないようにしていた。授業でプリントを後ろに回す時、前の席のにきび面の男の子は、ばい菌がうつるといわんばかりの手つきで、プリントの端をつまみ、大げさに嫌な顔をした。

理由は分からない。でも、理由なんてどうでもよかった。どうせ、くだらないことなんだから。その日を境に、わたしは教室で透明な存在になってしまったんだ。〉

〈わたしのおでこには、透明なしるしがついているんだ。間違いない。遊園地の入口で係員から手の甲に押してもらう、あのスタンプ。ふだんは透明で見えないけれど、特殊な光が当たったら秘密のマークがくっきりと浮かび上がる。標的になる子たちには、全員おでこにあの透明スタンプがついているんだ。〉

〈朝はいつも気が狂う寸前で、自分の中のばけものに、ぐっとチャックをしめて学校へ行く。だけど、それももう限界だ。頭の中では「ヘルプ!」「ヘルプ!」とジョン・レノンの金属っぽい声が響いている。こんなに何度も叫んでいるのに、誰も助けてくれない。もう分かっている。助けなんて永遠に来ない。

わたしは月曜日が嫌い。わたしは月曜日が嫌い。月曜日が来ないためには何だってする。銃が手に入ったら、月曜日、その一日を撃ち落としてしまいたい。〉

〈もっと早く走りたい。つむじ風より、稲妻よりも早く。夜の地下水道を走るドブネズミみたいに。

自転車に乗っている時、クルマはわたしの行く先に塞がり、いつも邪魔をする。クルマは大嫌い。曲がり角をよろよろとはみ出して曲がる時のぶかっこうな姿といったら！　クルマは臭い、うるさい、横柄、乱暴。自分こそが道路の主役だと思い込んでいる馬鹿な奴。

わたしはクルマと真剣勝負がしたい。衝突寸前ぎりぎりのところまで、強気で自転車で攻めてやる。すれ違いざまに自転車のペダルから足を出して、クルマの横っ面を蹴り上げる。洗車したてで真っ白なボディにスニーカーの跡をつけてやるんだ。でも今日はちょっと失敗。角張ったクルマはブハッと臭い排気ガスを放ち、マフラーの爆音を響かせて走り去った。わたしは風圧によろけながらも、何とか転ぶ寸前で体勢を整えた。

大人になっても絶対クルマなんかに乗るもんか。あんな堕落した乗り物には。〉

〈お母さんと名古屋の百貨店に行った。おしゃれできれいな洋服、ハイヒールやハンドバッグ、白地にお花の模様のついたお皿やコーヒーカップ、天井からはきらきら光るシャンデリア。耳もとで、お母さんの声がする。「和香ちゃん、ほしいものはなあに？」わたしはエスカレーターで運ばれながら、気分が悪くなって懸命に吐き気をこらえていた。

何も欲しいものなんてない。

頭の中がぐつぐつ沸騰して煮えたぎっている。よどんだ空気がぶくぶく最高点まで膨れあがって、今にも爆発しそうだ。わたしの脳みその奥には、はみ出し寸前で暴れる生き物がいる。どす黒いばけものが住んでいる。

フロアにあるものを、すべてぶちまけて、めちゃくちゃに壊したい。おしゃれな服をはさみで切り裂き、伊万里の壺を放り投げて割り、テーブルクロスの端をつかんで真っ白な食器を床にぶちまけたい。〉

〈通学路にある高架下のコンクリートの橋脚。そのつなぎ目からまっ黒いゴムがだらりと垂れ下がっている。コンクリートの隙間からはみ出してしまった、あまりものの黒いゴム。この黒いゴムは、わたしだ。

突風が吹いたので空を見上げた。木のてっぺんの枝にどっかから風に飛ばされてきた白いビニール袋がひっかかっている。強い風に吹かれながらも、細い枝にしがみついている。目の端に入ってちらちら揺れている。あの白いビニール袋は、わたしだ。黒いゴムと白いビニール袋、わたしはどっち？　どっちも間違いなく、わたしなんだ。〉

ノートには詩らしきものも書きなぐられていた。何気なく読んでいたら、セックスという文字が目に飛び込んできたので、思わず狼狽してノートを落としそうになった。

あたしはショーフになりたい
トーフじゃないよ
男と寝て金をもらう、あれ
希望の職種はショーフですと
学校の進路調査書に書くんだ
ママは「やめて」って止めるだろう
自分では気づいていないみたいだけど
ママだってショーフじゃない
屋根のある家に住まわせてもらっているかわりに
毎日の仕事は台所での下働きとセックスの相手
料理女と掃除婦を兼ねたショーフ
お客は今のところ、パパひとりだけだけどね
あたしはいっぱいお金をとって
椿姫みたいに優雅に暮らすの
羽飾りのついた大きな帽子に囲まれて

いつもふわふわの羽毛ベッドで眠る
あたしの希望職種は、こんなショーフ

多少のうしろめたさに襲われながらも、俺は和香が落としていったノートを隅から隅までぜんぶ読んでしまった。

ノートの文字を追いながらも、近いうちに彼女が襲撃してくるような気がして、心底恐ろしい。本物のライフルを手に「日記見たなあ。殺してやるっ」と、言い訳も聞かずに、問答無用で俺は射殺されるのだ。新聞の三面記事に「牛川の船頭、射殺される」「犯人の手がかりなし」の見出しが躍る。いやだ、いやだ。そんなの絶対にいやだーっ。

けれども、ついにその日はやって来た。

その日は徳造爺さんが船頭担当で、俺は市役所の倉庫の奥で埃にまみれて資料の整理をさせられていた。徳造爺さんから「面会人が来とる」と、市役所土木監理課に電話がかかってきたのは、昼過ぎのことだ。電話を取った小柳津課長が、渋い顔で俺を呼んだ。受話器を耳に当てると、爺さんの大声が響いた。

「高津、おまえに会いたいという女が来とる」

おんな、という部分を妙に強調する。顔がカッと赤くなる。やばい。爺さんはさらに追い討ちをかけた。

「高津、おまえ女子中学生に何しただ」

「え、何もしてませんってば」

「なんやしらんけど、このおなご、怒っとるぞ」

「……はあ」

「おまえと話がしたいと言うとる。大至急、こっちに来いっ」

俺は小柳津課長に事情を話し、市役所のボロ自転車を全力でこぎ、牛川の渡しまですっ飛んでいった。

船着き小屋の前のコンクリートの上で体育座りしている後ろ姿は、まぎれもなく彼女だった。迷彩柄のスウェットシャツにダメージカラーのGパン。スウェットのフードを頭からすっぽりかぶり、黒いポシェットを肩から斜め掛けしている。この子はいつもくすんだアーミールックしか着ないのだろうか。短めのGパンから突き出た足首はとても細い。

「あのう……」と声をかけると、膝小僧の間に埋まっていた顔がゆっくり起きあがった。長い前髪の奥からのぞく瞳が、こっちをにらんでいる。

「盗んだでしょ、わたしの日記」

予想していたが、えーっと大げさに驚くふりをする。

「ちがう、盗んでないっ。お、落とし物です。遺失物は保管してあるので返還します」

「まさか、なかみ、読んでないよね」

和香は不審の目を向けた。

「読んでない。読んでない。絶対読んでないっ」

徳造爺さんが横に立って、じっと俺たちを観察している、視線が身体に鋭く突き刺さる。

「じゃあ、返して。今すぐ返して」

俺はデイパックのジッパーを開けて、キキとララのノートを取り出して渡した。和香は眉間にしわを寄せながら、何かを確認するようにページをめくっていたが、とたんに表情が険しくなった。

「あっ、しおりの位置が移動してる。やっぱり読んだでしょっ。もう最悪」

「まさか、読んでない。読んでないっ」

和香が、つぶやく。

「何回も言うところが怪しい……」

追いつめられた俺は、話題を変えることにした。

「きみ、学校行ってないんだって?」

和香は唇のはしをきゅっと結んだまま、返事をしない。しゃがみこんで、斜めがけしたポシェットにノートを押し込めようとしている。

「一度くらい、担任の先生に会ってみたら？　いい先生だよ、吉川先生。毎朝ここの渡し船使って通勤してるんだよ」

和香は答えない。スニーカーについた泥を指先で払っている。

「実はね、吉川先生、困ってるんだ。知っとる？　学校に来てない生徒の欠席日数が増えるほど、担任の先生の給料が減らされるって仕組み」

和香の頭が少し上がる。反応があった。

「中学校の規定で、生徒の欠席日数かける百円で、担任の給料が減らされていくんだ。学校をまるまる一か月休むと……。うーん、仮に二十三日と計算して、百円かける二十三で二三〇〇円が給料から差し引かれるらしい」

「……案外少ないね」

「そうかな？　ほら吉川先生いっつも同じすりきれたジャケット着てるじゃない？　貧乏で、新しい服を買うお金もないんだよ、きっと」

和香は俺の説明を聞きながら、考え込んでいる。

「子どもは五人もいるっていうし。組合活動や平和活動も熱心にやってて、この先、出世することもないだろうし。かわいそうだと思わん？」

口から出任せの文句がするすると出るのに、自分でも驚く。和香は眉間にしわを寄せたままじっと聞いている。

その時、カーンと船呼び板が鳴った。振り向くと、無精髭にサンダルをつっかけた浜やんの姿が見えた。自転車の前と後ろには、アルミ缶の詰まった巨大な袋を下げている。

浜やんはこっちを見ると、隙間だらけの歯を見せて笑いかけた。いや、正確には和香だけを見て、言葉をかけた。

「かわいいお客さんだね。おじさんと一緒に、向こう岸まで一緒に渡る?」

和香は浜やんの顔とアルミ缶の袋を交互に見つめていたが「はい、そうします」と言い、素早くちぎり丸に乗り込んだ。徳造爺さんが岸壁からワイヤーのロープに付け替えたので、俺もあわてて船に飛び乗った。

浜やんの自転車は空缶拾いに特化した改造自転車だ。荷台の上に幅広のベニヤ板を置いてゴムひもで固定させ、アルミ缶の入った大袋を載せやすいように工夫している。前カゴもどこで見つけてきたのかと思えるくらいのビッグサイズで、ここにもアルミ缶入り大袋がすっぽり入るようになっている。

何の共通点もない三人を乗せて、ちぎり丸はゆっくり水面を進む。沈黙に耐えかねて、俺はかねてより疑問に思っていたことを聞いてみた。

「すごいですねえ。こんなにたくさんの空き缶、どこで拾ってくるんですか?

「どこって、ゴミの収集場だよ。朝と夜、だいたい決まったコースを毎日自転車でまわって回収してくるんだよ。で、業者のところに行ってお金に替えてもらう」

「それって、いくらくらいになるんですか?」

「そうさなあ。どうがんばっても、一日千八百円弱くらいかなあ」

俺はとっさに計算した。一日千八百円でも一か月働いたら五万円くらいになる。たいしたもんである。

水面の小波を見ていた和香が、突然声を出した。

「おじさんの家、見に行ってもいい?」

浜やんは一瞬びっくりした顔をしたが、すぐに無精髭の顔を崩した。

「おう、いいよ。ちょうど今日は夕方からみんなで宴会するんだ。良かったら寄っていきなよ」

和香の目が輝く。唇の端が少し上向きになった。

「お、俺も行きます。つきそいで」

女子中学生を、うさんくさいオッサンの家にひとりで行かせることはできない。俺も二人についていくことにした。横目で俺の顔を見て、頬をふくらませる和香。でも気にしない。今日は船頭業務がない日だから、小柳津課長にばれなきゃ文句は言われないだろう。俺には、女子中学生をちゃんと家まで送り届ける義務がある。

船を下りてからは、浜やんの自転車を先頭に、鬱蒼と生い茂った林の中の一本道を歩いた。犬の散歩やジョギングですれ違う人たちが、俺たち三人を不審そうな目つきで見ていく。

一本道が途切れる手前を右に曲がると、竹林の小道に出た。竹の間を通り抜ける風が心地よい。竹たちは流れに逆らわず、強い風が吹いてもしなやかに曲がってやりすごし、決して折れることがない。

竹林を抜けると、今度は林の中の静かな道が続く。緑のトンネルを歩いていると、黄色い蝶が二匹じゃれあうように飛んでいる。その先を進むと、緑の木漏れ陽の中に、突然、小さな村が現われた。

道の両脇に、数件の掘っ建て小屋が点在している。廃材やブルーシートで作られたそれらの家は、全部でだいたい六軒くらいか。大きなクスノキの太い幹には梯子がかかっていて、木の妖精が棲んでいそうな佇まいだ。ケヤキの枝には、ロープを編んで作った白いハンモックも揺れている。にわとりの鳴き声に振り向くと、竹を縦横細かく編んで作られた小さな鶏小屋まであった。小屋の囲いには竹幕が立て掛けてあって、京都の有名なお寺の庭みたいに、道はきれいに掃き清められている。

靴跡をつけるのが申し訳ないくらいなのでそのまま突っ立っていると、「ええよ、そのまま歩いても」と浜やんが笑いながら言った。

「ここは竹林に囲まれてるだろ。竹箒で毎朝地面を掃くことで、竹の小さな根っこを取りのぞいてるんだ。そのままにしとくと、あっという間に竹林に侵食されちまうからな」

小屋は周囲五メートルほどの等間隔で建っている。つかず、はなれず、という言葉がぴったりくる絶妙な間隔だ。子どもの頃に行っていた森のキャンプ場を思い出す。一人用のテントをきっちり等間隔の隙間を開けて設置し、各自別々に寝ていたっけ。

小屋の壁面にはロープをはわせてフックがつけられており、ホウキやちり取り、竹製の熊手など掃除用具がリズミカルにぶら下がっている。物干し台には洗濯バサミで白いスーパーのビニール袋が洗ってさかさまに干されてある。住民がていねいに暮らしていることがうかがえる。

それぞれの小屋の前には、小さな畝をこしらえた畑もあった。キュウリやナス、ミニトマトが一種類ずつ、ちゃんと立派な実をつけている。野菜の支柱は木の枝をうまく利用して巧みに作られている。野菜は多すぎもなく、少なすぎもなく、食べるのにちょうどいい量だ。さつまいもの芋畑もある。作業台の上には、収穫したばかりの唐辛子が所狭しと干してあった。真っ赤に熟した赤い実が、周囲の緑にアクセントを添えている。

浜やんの小屋の壁には緑の苔が生えていたが、その苔がまたいい味を醸し出していた。修学旅行で京都の苔寺に連れて行かれた時は何の感慨もなかったが、この古ぼけた小屋まわりの苔は美しいと思った。

「ただいまあ。帰ったよ」

浜やんの声に反応して、転がるように一匹の犬が走ってきた。盛んにしっぽを振っている。賢そうな白い中型犬だ。浜やんは全身で犬を抱き、マシュマロのような、クルクルよく動く手足に頬ずりをした。犬も浜やんに応えて、顔じゅうをペロペロなめまわす。いつも手入れされてるのか、整ったきれいな毛並みをしている。

「どっこらしょ」

浜やんは小屋の前に自転車を止め、巨大なビニール袋を下ろしにかかった。しゃがみこんで回収してきたアルミ缶を取り出すと、一個一個足で潰しながら、紙ばさみを使って仕分け作業をはじめた。

「すごい量ですねえ。いつもこれくらい、集めるんですか？」

「夏はみんなビールをガバガバ飲むからいいんだけど、秋から冬はだめだな。十二月から正月にかけては酒飲みシーズンで盛り返すけどな」

浜やんは手を休めることなく、手元に転がっている缶を潰していく。コーラ、チューハイ、オレンジジュース、ビール。鮮やかすぎる赤や黄色やオレンジ色のロゴマークが視界に踊る。

手持ち無沙汰だったんで「手伝いますよ」と言うと、

「飲み残しのビールやジュースで手がべとべとに汚れるし、臭いはつくし、良家の坊ちゃん嬢ちゃんがやるようなことじゃない」と、ぶっきらぼうに返された。浜やんの作業を座って見ていた和香が、急に立ち上がる。

「普通じゃないんです、わたし。だから、やらせてください」

和香は強引に目の前に転がっている缶を手に取り、力まかせにスニーカーの足で踏んづけた。スニーカーのゴム底が汁ですべり、ソーダの缶は不細工な形に潰れて転がっていった。白い犬がキャンと吠える。

「あーあ、どうせやってくれるんなら、もっときれいに小さく潰さんと。大きさの決まっとるビニール袋にできるだけたくさん缶を入れないとだめなわけだから」

浜やんの潰した缶を見ると、すべて工業製品の規格品のように正確に平らに潰れていた。寸法を測ったら、寸分違わないはずだ。

「十キロ単位で金に替えるから、なるべく小さくした方がいいんや」

「さすがに毎日やってるだけのことはありますねえ」とほめたら、浜やんは照れた顔で笑った。

「ほら、やってみ。こんな風にな。まず右足で缶の右側を踏む。次に左足で左側を踏む。やみくもに踏むんじゃなくて、上下の丸い部分を内側に潰すイメージで、な」

そう言いながら、浜やんは律義に実演してみせてくれる。缶はどれも均一の薄さにぺちゃんこに潰れている。なるほど、要領が分かった。

粛々と作業を続けながら、浜やんがひとりごとのようにつぶやいた。

「今日はさすがにへこんだなあ」

「なんでですか？」

「マンションの下で、ゴミを捨てに来た女の人と鉢合わせしてしまってな。とりあえず軽く会釈してアルミ缶を回収してたら、思いっきり言われた。缶はリサイクルされるものですよ。あなたたち税金も払ってないのに、何てずうずうしいのって」

「そんな……。これだって、回収業者を通してきっちりリサイクルしてるのに」

「それもそうなんだけど。喧嘩ごしの人に説明してもなあ……」

　浜やんはビールで濡れた手を腰につけたタオルでふくと、ふーっと大きな溜息をついた。

「最近、だんだん生きづらい世の中になってきとるな。俺たち、いつまでもここで暮らしたいんだけどなあ」

　カシャカシャカシャカシャと規則的に、乾いた音が周囲に響く。そのリズムと呼応するかのように、クスノキのてっぺんでカラスがカアと鳴いた。和香はちらちらと浜やんのやり方を盗み見て、見よう見まねで缶踏み作業を続けている。この子、意外に真面目なのかもしれない。

　和香の方に気をとられていたせいか、無造作に踏んだ缶は予想外に固く、足に鋭い衝撃が走った。痛てて。何だこの缶はと足元を見ると、コーヒー飲料の缶だった。浜やんがこっちに来る。

「あー、コーヒー缶混じっとったか。これは鉄の缶だから、潰さんでもええわ。鉄は回収してないからな」

「何でですか？」

「アルミの方が業者にとって、リサイクルした時に利益になるもんでなあ」

「ふうん、そうなんですか」

「五郎くん、君は缶コーヒー飲む？」

「はい、ときどき」

「やめといた方がええで。缶コーヒーには恐ろしいほど大量の砂糖が入っとる。それが証拠に、ほら、見てみい。コーヒー缶だけが鉄で出来ているだろ。缶コーヒーに入っている大量の砂糖がアルミの金属を溶かしてしまう。だから缶コーヒーだけは鉄の缶にならざるをえん。そんなの毎日飲んでたら、今は平気でも将来間違いなく成人病になる。缶コーヒーだけは、やめとけ」

浜やんに健康法を指南されるとは、思いもよらなかった。

缶踏み作業が終わると、浜やんはブルーシートに包まれた隣の家をノックした。

「河辺さん、いますかあ」

浜やんが声をかけると、すだれがクルクルと巻き取られた。「おうっ」と奥から顔を出したのは、白髪で長髪のおじいさんだった。秋だというのに椰子の実がプリントされたアロハシャツにジーンズの短パンをはいている。

「河辺さん、この子、渡し船の新人船頭の五郎くん」

すだれの下から俺は会釈した。

「はじめまして。高津といいます」

河辺さんはサングラスをずらし、俺の顔をじっと見た。アロハの胸あたりまで、スチールたわしのような灰色の髭が垂れ下がっている。

「きみ、下条の子でしょう」

びっくりした。突然何を言い出すんだ、この老人は。

「昔、近くに住んどったでな。下条橋のあたりに」

「えーっ、近所じゃないですかあ」

「学校からの帰り道に道草して、よくひとりで堤防の斜面で座り込んでたのを見てましたよ。あのぼーっとして、いっつも河原で鼻糞ほじっとった少年が、いや、大きくなったもんだなあ」

「……」

何だか、親戚の長老に久しぶりに会った時のように、ばつが悪い。

「浜やんから川の近くの林の中にいいとこあるって聞いて、二年前ここに引っ越してきたでな」

「そうなんですか」

「こっちの可愛いお嬢さんは？　カノジョ？」

「いえ、ちがいます。この子、まだ中学生なんです」と、あわてて否定する。

和香はびっくりして、フードの下からアロハの老人を凝視している。言葉が出ないみたいだ。

「カノジョじゃなかったら、君はお兄さんか先生？」

「いえ、ちがいます。ただの船頭です」

河辺さんは髭に覆われた口を大きく開けてガハハと笑った。

「まあ、いいら。何でも。今日は今から宴会はじめるで、二人ともゆっくりしていきん」と、アゴで広場の方を示した。

大きなクスノキの下が宴会場だった。いぐさの茣蓙の上に、キャンプで使うような折畳みテーブルと年代物のちゃぶ台が置かれている。テーブルの上には、缶ビール六本パックと芋焼酎の瓶が並ぶ。

「まずは、いっぱい、な」

席につくと、浜やんがなみなみとビールを注いでくれた。コップは酒屋の景品のグラスだ。和香には炭酸飲料が配られた。テーブルいっぱい並んだ総菜は、ナスの味噌いため、ぶつ切りのキュウリに金山寺味噌、ミニトマトのサラダ、ふかしいも等々。

「みーんなここの畑で採れたもんばかりだで」と、浜やんが自慢する。

「このへんの土地は何べんも洪水を繰り返しとるから、土に栄養が行き届いているんだわ」という河辺さんの蘊蓄《うんちく》を聞きながら、キュウリのぶつ切りに金山寺味噌をたっぷりつけて口に入れる。うん確かに、もぎたての新鮮な味がする。

　浜やんが七輪でスルメを焼いている、そのいい匂いも漂ってくる。「カセットコンロもあるから、食後のコーヒーも入れてあげるよ」と河辺さんが声をかける。まるで喫茶店のマスターみたいだ。

　夕方六時を過ぎてから、村の住民が集まり始めた。河辺さんのお隣さんは七十代とおぼしき老夫婦だった。見事な白髪のお婆さんは、今夜のゲストに孫のような和香が来ているのを見て大喜びし、大事にしまっておいた天然果汁百パーセントのリンゴジュースを出してきた。老夫婦の隣の小奇麗な作りの小屋からは、青年がひとり、もじもじしながら出てきた。顔を見て、驚いた。渡し船の常連客の川西哲男だった。

「なんで、お前がここにおるんだ」

「おまえこそ、なんで」

　哲男は頭をかきながら、ビールケースの椅子の上に腰をおろした。

「最近は、ここで寝起きしとる。渡し場に近いしな、何かと便利だ」

　聞けば実家は大村にあるのだが、ひとりになりたい時にはここに泊まっているという。

　七時を過ぎて、ぱりっとしたスーツ姿のサラリーマンが現われたのにも驚いた。家族と折り合いが悪くて家庭に居場所がなく、週のうち半分はここの小屋で寝泊まりしているという。車を売る営業職だというそのサラリーマンは手に下げたビニール袋から、ばい貝の煮付け、うなぎの肝煮、ピザを取り出した。和香と哲男は目を輝かせながら、マルゲリータのピザにパクついている。

みんなの話を総合すると、この村の住人は、五世帯六人。浜やんと河辺さん、老夫婦の四人はここに住んでいるが、哲男とサラリーマン男性の場合は、〝別宅セカンドホーム〟の意味あいが強い。これまでホームレスに抱いていたイメージとはだいぶ違う。みんな壮絶な体験があったり、仕事がなくなってしまったからここに流れついたわけじゃないのだ。小屋の周囲はきれいに整頓されているし、クスノキの枝の上の秘密基地や木陰のハンモック、小さく可愛らしい畑と、遊び心もいっぱいだ。

河辺さんが「ちょっと待っててね」と言いながらいったん小屋の中に入り、すぐに出てきた。手にはハーモニカを握っている。

「わあ、ハーモニカ。なつかしい、これ、音楽の時間に合奏したよね」と和香が声をあげる。

ビブラートを効かせながら河辺さんは口をすぼめて『ふるさと』のメロディーを吹く。なかなか上手い。「若い子には、ちょっと古いんじゃねーの？」と浜やんが言ったので、それじゃあ…と、今度はZARDの『負けないで』を前奏入りで吹き始めた。去年くらいから巷で流行っている応援歌だ。

「空缶潰しながら、俺いっつもラジオ聞いとるからな」と河辺さんは得意げな顔をする。ハーモニカの音色が、ビールの泡と一緒に胸に染みていく。

浜やんも自分の小屋に戻り、ギターを抱えて出てきた。ハーモニカに合わせて伴奏をつけていく。指づかいも軽快で、想像以上に上手なので驚く。

「うまいですねえ」と感嘆の声をあげると「昔とった杵柄、浜やんは伊勢佐木町で流しをやっとったそうだ」と、河辺さんが教えてくれた。

世間ではこの人たちのことをホームレスと呼ぶが、どこがホームレスなもんか。川べりの緑に囲まれたここに、ちゃんとしたホームがある。住民同士みんな仲良しだし、それぞれが手作りの小屋で細かな工夫をこらして丁寧に暮らしている。建て売り住宅やマンションを買い、隣に誰が住んでいるか分からない暮らしをしている方が、実はホームレスなんじゃないかとさえ思えてくる。

リーリーリーと、近くの繁みで虫の声がする。見上げると葉っぱの間から、満点の星空が見える。周囲に建物や照明がないから、町なかより星がクリアに見える。

木陰のハンモックの上で寝ころんでいる和香の瞳がとろんとなっているのに気がついた。時計を見るとすでに夜の八時を過ぎている。やばい。あわてて起こしにかかる。「ここに泊まっていきたい」という和香を叱って、無理矢理帰る支度をさせる。

浜やんが言った。

「この村に入る道、もう分かっただろ？　気が向いたら、またいつでも、おいで」

焼酎のグラスを掲げた河辺さんがふりかえる。

「ここの宴会は、誰でも参加できるでなあ」

帰り道が真っ暗なので、途中まで哲男が送ってくれた。別れぎわ、哲男はいつもの無愛想な顔のまま「これ使え」と懐中電灯をぐいと差し出した。受け取って林の中の道を照らしながら、和香とふたり、街の灯をめざして歩いた。

和香の家はバトルゲーム場に近い、国道脇に建つマンションの三階だった。

「こんなに遅く帰って親に叱られない？」と訊くと、「どうせ毎日、わたしこの時間帯は家にいないから」と、平気な顔をしている。

それって、どういうこと？　と訊ねると、憂鬱な顔をして眉間にしわを寄せた。

「親と顔を合わせると、いつも喧嘩ばっかで。それが嫌で。母親が仕事から帰ってくる夕方六時くらいから家を出て、漫画喫茶やゲームセンターで時間をつぶしてる。帰るのはいつも十時くらい」

中学生が毎晩ひとりで出歩いてるのはまずいだろうと言いかけたが、反発されそうなのでやめた。

「まだ帰りたくない」とごねるので、俺たちはマンションの向かいにある小公園で時間をつぶすことにした。つつじの植え込みの横の、レンガの階段に座り込む。

和香は夜は外出しているが、親が仕事に出ている昼間はひとりでずっと家にいるという。

「本を呼んだり、日記を書いたり、古い映画のビデオを借りてきて見たり、音楽を聴いたり、眠ったり。まあ気楽な生活」

「……そうなんだ」

　学校に行ってないといっても、この子なりに規則正しく毎日を過ごしているんだと分かって、ちょっとほっとした。思いきって訊いてみた。

「戦争ゲームにはまったんは、なんで？」

「ああ。従兄弟にちょっと不良っぽい人がいて、半年前くらいに、そのお兄さんがバトルゲーム場に連れていってくれた。銃の撃ち方はすぐに覚えた。ヘルメットかぶって銃を撃ちまくると、身体がスーッとして気持ちがいいから」

「そうか。でも撃たれた方としては、痛かったなあ」

　和香はちょっと困ったような顔をして、うつむいた。

「アメリカで、本物の銃を持ち出して月曜日の朝、学校の教室で銃を撃った女の子がいたんだって。その子の気持ち、ちょっと分かるような気がする」

「家に銃があるんだ。さすがアメリカ。ここがアメリカじゃなくって本当に良かったよ」と言うと、和香は小鳥のような声で笑った。それからしばらくお互いに黙っていたが、溜息をついた後で和香はぼそっと言った。

「わたし、群れからはぐれてしまったんだ。完全に」

「えっ？」

「ぶつからないこと、はぐれないこと、同じ方向に進むこと。人間には生存のための三つの本能があるって誰かが言ってた。わたしには、そのどれもが欠けてるんだよ」

「アンデルセンの醜いアヒルの子か」

和香はこっちを見て、「うん？　今、醜いって言った？」と細い目をしてにらむ。

「あー、醜くなんかないよ。訂正する。かわいいアヒルの子だ」

「なーんか、わざとらしい」

和香は石段に座り直した。ジーパンに包まれた足をまっすぐ伸ばして、のびをする。

「別に、醜くてもいいんだ。白鳥にならなくてもいい。醜くてもいいから、早く大人のアヒルになりたい」

「そっか、でも将来、ショーフにだけはなってほしくないなあ」

言った後でしまったと思ったが、もう遅い。真っ赤な顔をした和香に、思いっきり膝小僧を蹴られた。

「嘘つき！」

「痛えーっ」

時間差で悲鳴が出た。膝を押さえながら、痛みにもだえる。言葉が出ない。

「やっぱ読んだんじゃない、わたしの日記」

暗闇の中でも、和香の目がにらんでいるのが分かる。

「あああ、もう最悪！」

真夜中に路上で出会う猫の目みたいに、赤く尖って光っている。

「悪かった。勝手に読んだのは悪かった。あやまるっ」

ここは、ひたすらあやまるしかない。ヤンキースの帽子をとって、頭を下げ続けた。

「俺、ふだん本とかあんまし読まないいんだけどね。この日記にはすごい引き込まれてさあ、あっという間に読んじゃった。本当にごめん。でも、水谷さん、いい文章書くじゃん。たぶん、学校に行って真面目に宿題なんかやってる子たちよりずっと、水谷さんの方がいい文章書いてると思う」

気がつくと、和香のフードが頭から落ちていた。ざんばら髪の中から涙がつーっと一筋、丸い頬をつたって落ちていくのが見えた。


「五郎、今日、車で送っていってあげよっか？」

十月に入って最初の火曜日の朝、ねぼけ眼のまま起き出してくると、母親が声をかけてきた。

「うん、何で？」

起き抜けのまだエンジンがかかっていない頭で、そうつぶやくと、「あんた阿呆か、外を見てみい」と台所から怒鳴られた。

窓の外を見て驚いた。強風が吹き荒れ、時々、横殴りの雨がざあっと窓を叩きつけている。確かにこれじゃあ、雨合羽をかぶっても自転車通勤はむずかしい。

「あんた、天気に左右される仕事なわりには、天気予報とか全然気にせんな。昔から、学校行く時も絶対傘とか持っていかんかったし。そいで、いっつもずぶ濡れになって帰ってきとったな。ランドセルの中味乾かすのに、えらい苦労したわ」

なに大昔のこと言ってんだよと腹が立ったが、車で送ってもらう手前、無意味な衝突は避けたい。無言のままご飯に味付け海苔をのせ、豆腐となめこの味噌汁をすする。

テレビのニュースのアナウンサーは、大型台風の接近を伝えていた。窓を通して、生ぬるい空気が伝わってくる。朝になって、さらに風が強くなってきたようだ。窓枠の金属サッシの隙間に強風が当たり、ひゅうひゅうと不気味な音をたてている。

母親の車で送ってもらった市役所では、職員たちがあわただしく行き交っていた。数年ぶりの大型台風が接近してきているというので、市役所庁舎三階、土木監理課の周辺でも、緊張した空気が充満している。

小柳津課長のだみ声が、フロアに響いた。

「石田の、水位が、ぐんぐん増しとる」

石田というのは、新城にある石田水位観測所のことで、ここの水位が牛川の渡し運航の目安になっているのだ。牛川の渡しは道路扱いだから原則年中無休だが、まれに運休する時もある。それは今日のような大雨や洪水の時で、豊川が増水し、石田水位観測所の水位がプラス一メートルを超すと運休になるという規定があるのだ。

憂鬱な顔の小柳津課長が、腕組みをして考え込んでいる。

「二、三日は、渡しが休みになるかもしれんなあ」

やったあ。週六日、早朝から夜まで一日船頭業務を担当して半年。ついに堂々と、休める時が来た！　台風ばんざいっ。

湧き上がる喜びが顔ににじみ出ていたのか、小柳津課長はたちまち怖い石地蔵になって、俺に釘を刺した。

「渡しが休みになっても、高津、役所には毎日来いよ。災害が起こりそうな時は、俺らは待機して備えんといかんだに。人手はいくらあっても足りん。堤防の見回りも交代でやってもらうでな」

なーんだ、つまらない。休みになるわけじゃないのか。急速に気分がなえた。

テレビの気象情報は、刻一刻と台風情報を伝えていた。台風は高知の室戸岬に近づき、和歌山の潮岬をかすめ、熊野灘から伊良湖岬へと接近してきた。一時間ごとに雨と風が激しさを増しているのが分かる。

午後からは、とりあえず、船着き場に待機して連絡を待てと指示された。役所の見回りの車に同乗し、吹きつける雨風のなか、堤防下の作業小屋に駆け込んだ。小屋の入口には「本日欠航」の赤いプレートを掲げておく。小屋の中は、空気の湿った嫌な臭いがこもっていた。強風で小屋全体がわやわやと揺れているのが分かる。このボロ小屋、台風で倒壊しないだろうか。こんな場所にひとりきりでいるのが、何とも心細い。

午後四時ごろ、砂利道を踏む音がして、徳造爺さんの軽トラがやって来た。小屋の扉を開けるなり、全身雨合羽に長靴姿の爺さんは「行くぞ、高津」と怒鳴った。

「行くって、こんな台風の中、どこへ?」

「台風だもんで行くだ。川が増水しそうだで。浜やんの村が危ない」

「だって、課長がここに待機しとれって……」

ぐずぐずしている俺は、タオルの束で頭をはたかれた。合羽についた水しぶきが顔に飛ぶ。痛え。まったく乱暴な爺である。

俺は助手席に無理矢理座らされ(まるで拉致だ)、嵐のなか、軽トラは出発した。フロントガラスに大粒の雨がぶつかり、視界は最悪。ワイパーの揺れを最速にしても、まったく前が見えない。おまけに耳の遠い爺さんの運転だ。堤防上の道にはガードレールがない。道路から転げ落ちるかもしれない。俺は、この爺さんと生死を共にするのか。

どっかから飛んできた木の枝が、フロントガラスにぶち当たった。

「ぎゃあー」

「おなごみたいな声あげるな」と、爺さんが俺を叱る。

軽トラは不気味に揺れる黒い竹林をくぐり抜け、林の中のホームレス村に着いた。車のドアを開けて一歩足を踏み出して愕然とした。ふくらはぎのところまで水が来ている。みんなの家はどうなっているのか？　長靴の足をじゃぶじゃぶ動かし、ゆっくり懐中電灯で照らしながら進む。あまりに暗くて、家の様子が分からない。

「おーい、浜やん」

「河辺さん、いますかあ」

ブルーシートで包まれた小屋から、「ほーい、ここだぞん」と浜やんの声がした。

泥だらけになったブルーシートをめくった。徳造爺さんがベニヤのドアを力まかせにひっぺがす。室内に入ると、テーブルの上にあぐらをかき、ピースサインをする二人が目に入った。笑っているように見えたが、よく見ると顔はひきつって震えている。

「二人とも無事でしたか」

浜やんが間の抜けた声で言う。

「はあ？　これが無事だと思うかん？」

「だったら、早めに避難所に避難しておいてくださいよ。ここは堤防の内側なんだから。こんなんになるまで家にいるなんて、もう大胆すぎますよお」

「この間の台風の時は大丈夫だったから、たぶん今回も、なんて。俺たち、大型台風をなめてたかなあ」

と、河辺さんが評論家のようにのんきな声を出す。

浜やんと河辺さんの間の空間にもうひとつ、小さい頭がぴょこっとのぞいている。懐中電灯で照らすと、シロを抱いた和香だった。雨に濡れた顔で、照れ笑いを浮かべている。

「な、なんで水谷さんが、ここに！」

「……と思うだらあ。俺たちのこと心配して駆けつけてくれたんだよ。もうヒデキ感激っ！」

「じじいも感激！」と、河辺さんが再びピースサインを出す。

和香は二人の肩の間で小さく縮こまっている。Tシャツに薄手のパーカー、ショートパンツにサンダルという軽装だ。

雨合羽の奥から、徳造爺さんの怒鳴り声が響いた。

「何で来ただ！　中学生がやれることなんて、何もないっ。助ける者がひとり増えて、お荷物になるだけだ」

和香の顔が、くしゅっと歪む。

「やみくもに助けるゆうても、そういう装備もしてない、車もない、道具もない、大人に連絡もしない。そんなんで、人を助けられると思うんかっ」

浜やんは「まあまあ、そう怒らんと」と爺さんをなだめた。

「俺らを心配して、駆けつけてくれたんだし……」と、河辺さんも口をとがらせる。

和香はテーブルの上で、ゆっくり身を起こした。

「そのとおりです。おじいさんの言うとおり。わたし何の役にもたたなかった」

びしょ濡れの前髪の奥から、真っ直ぐな瞳がのぞく。

「なんで、ここに走ってきたのか、自分でもよく分かんない。家でひとりでいたら、雨と風がきつくなってきて、村のみんな、どうしてるかなあってすごく心配になった。気がついたら、走ってここに来てた」

徳造爺さんは黙って、俺にバスタオルを投げつけた。

「早くふいてやれ。三人ともびしょ濡れだに。風邪ひくぞん」

俺は三人に近づき、乾いたタオルを渡した。和香の頭から、すっぽりバスタオルをかけてやる。頭を拭くと、彼女はぶるっと身震いした。水滴が周囲に散る。ほっぺたがほんのり赤い。うさぎの仔みたいだ。

河辺さんがこの間の状況を説明した。

「三時過ぎだったかなあ。和香ちゃんが来てすぐ、あっという間に水が押し寄せてきてなあ。たちまち床上浸水だ」

老夫婦は昨日から近くの公民館に早めの避難をしていて、哲男とサラリーマンは家に戻ったという。浜やんと河辺さんは、面倒くささもあって、どうせ大丈夫さと避難せず二人きりで留まっていたそうだ。

浜やんが、つぶやく。

「用心して、床から十センチ高く床を作ってたが、だめだったなあ。十センチ程度じゃあ」

「もともと家財道具少ないんで、まあ、何とでもなるわ」と、河辺さんは楽観的だ。

「水はすぐに引く。小屋はまた作り直せばいいいら。わしらも手伝うで」と、徳造爺さんが励ました。

えっ、わしらって、それには俺も入っているのか？

徳造爺さんは、みんなに号令をかけた。

「やせ我慢もここまでだ。さっ、はよう逃げよ。ここにいたら危ない。大事なもんだけ持って、みんな軽トラの荷台に乗れっ」

助手席に乗ろうとしたら、爺さんに首根っこをつかまれ「お前はここな」と荷台を指さされた。

えーっ、そんなあ。

「助手席にはこの子を乗せる」と、和香をあごで示す。

あ、そりゃあそうですねえ。当たり前ですねえと、俺と浜やん、シロ、河辺さんの三人と一匹は、軽トラの荷台に乗り込んだ。横なぐりの雨と吹きつける風のなか、爺さんの運転が荒いので、俺たちは振り落とされないように必死でトラックの荷台にしがみついていた。シロは興奮してキャンキャン鳴き続けている。もうパンツの中までずぶ濡れだ。

避難所になっている近所の市民館に寄って、浜やんと河辺さんとシロを下ろし、国道沿いのマンションに和香を送り届けた。別れ際、俺は彼女に声をかけた。

「良かったな、夢がかなって」

「は？」

「全身びしょ濡れじゃないか。ほら、ドブネズミみたいになりたいって言ってただろ」

パーン。傘で思いきり頭をはたかれた。痛えええ。どうして俺の周りには、こうも暴力的な奴が集まるのだろうか。

翌朝は台風一過、さわやかな青空が広がっていたが、朝、渡し場に出勤してきて驚いた。前日の大雨のせいで、濁流が押し寄せてきている。泥水の色はくすんだ黄土色で、いろんな色の絵の具を全部混ぜた後の水差しの色そっくりだ。川の流れはちっぽけな人間をせせら笑うかのように、激しく躍り狂っている。灰色の波は別の波を呑み込み､互いにぶつかりながら猛スピードで流れていく。大蛇がのたうち回っているみたいだ。

川の上流からは、実にいろいろなものが流れてきた。

岸辺に生えている葦とか、竹や葉っぱをつけた木の枝、太い丸太も流れてくる。それらの一部は船着き場の護岸にひっかかってうず高く重なりあっている。川の堆積物は巨大な亀の子タワシのように、縦横無尽にからみあっている。掃除と後片づけが大変だ。

波の間に何やら白いものが流れてきたので、どきっとする。まさか人間の死体！と思ったが、そうじゃなくて、よく見ると丸々と太った豚だった。どっかの養豚場から流されてきたのか。助けようと竹の棒で岸に寄せようとしたけれど、細い目を硬く閉じたまま、哲学者みたいに難しい顔をしたままだ。死んでいるようだった。大きな波が来て、豚はぐるりと仰向けになり、白い腹を見せながらそのまま下流へ流れていった。

豚の次は、大きな黒い箱が流れてきた。何だありゃあと目をこらして見ると、何と金庫だった。金庫というものは洪水になってもちゃんと水に浮くよう設計されていると聞いたことがあるが、それが目の前で実証されているではないか。

「き、き、き、金庫お〜」

俺はひとり叫びながら、あわてて傍らの網を持って走った。そして思いきり手をのばし、川の中にぷかぷか浮いている金庫を手元の網の中にキャッチした。やった！　しかし次の瞬間、網の棒は金庫の重みに耐えきれず、パキンと音をたて真っ二つに折れた。金庫は白い網をつけたぶざまな姿のまま、あっという間に下流へと流れていってしまった。

「何やっとるだ」

振り返ると菅笠をかぶった徳造爺さんが、冷ややかな目つきで立っている。

「き、金庫が、上流からどんぶらこ、と……」

「見りゃあ、分かるだ」

「惜しいことしました。大金が入ってたかもしれないのに」

爺さんは「人間、欲に目がくらんでも、ろくなことにならん」と吐き捨て、泰然とした目で川下の方を眺めている。何なんだ、自分はいつも競輪で一獲千金を狙っているくせに。

「今日も渡しは運休だぞん」

「はあ」

石田の水位が増してると、課長から連絡があったという。爺さんは折れた網を持って立ちつくしている俺に、ブリキのバケツを差し出した。

「何ぼーっと突っ立っとるだ。流れてくるもんは気にせず、ほい、護岸の片づけと掃除。仕事は何ぼでもあるで」

俺たちは午前中いっぱいかかって、葦や枝の束を護岸から引き揚げ、べったりついた泥を掻き落とす作業にとりかかった。

作業をしながら「金庫の前には、豚が流れてきて……」と話すと、徳造爺さんは驚いた様子もなく、ああ豚かとつぶやいた。

「上流に養豚場があるで、洪水になるとそっから時々流れてくるだ」

デッキブラシを使う手を止め、つづけて爺さんは驚くべきことを言った。

「大昔は、牛も流れてきただ」

「え、豚じゃなくて牛が？」

「おう、古い言い伝えでな。子どもの頃に親父から聞いた話だ」

そう言って、おもむろに徳造爺さんは物語りはじめた。心なしか、遠くを見つめる表情が、『日本昔話』の常田富士男に似てきている。


ある年の秋、三河に大雨が降って、豊川が氾濫しかけたそうだ。いつもは静かに流れている豊川の水が、このときばかりは黒く濁り、提を飛び出しそうな勢いで、ごうごう流れていた。近隣の百姓たちは提に登り、心配げに荒れ狂う川を見つめていた。

「危ないのん。霞提から水があふれるかもしれん」

「こう、たびたび水がついたら、田畑は全滅じゃ。わしんとうの暮らしは苦しくなるばかりだぞん」

その時、川上の方から、何やら黒く大きなものが流れてきた。

「なんだん、あれは」

「牛だ！　黒い牛だ」

「可哀想に、こんきそうな顔しとる」

「助けてやらにゃあ」

　黒牛はどんどん近づいてくる。百姓たちは木の枝や綱を牛に向かって投げてやったが、牛には届かない。ごうごう響く川の音と、降りつける風雨の音があたりにむなしく響く。

　百姓のひとりが大声で叫んだ。

「あの牛、角から何か下げとるぞん」

「おお、ありゃ、祠《ほこら》だ」

「こりゃ、たまげたのん」

　目をこらして見ると、確かに祠だった。村人たちは牛に向かって手をあわせた。牛は暴れる水に呑み込まれそうになりながら、川岸の方へ流されてきた。

「こっちへ来るぞ。祠を下げとるっちゅうことは、神様のお越しだで」

「そりゃ大変だ。お清めせんと」

　百姓たちは流れ着いた牛を力を合わせて岸へ引き揚げ、大きな身体をていねいに洗い清めた。しかし、彼らの願いもむなしく、力尽きた黒牛はその場で死んでしまった。

　大雨がやんだ後、百姓たちは心をこめて牛を弔い、その場所に松の木を植えた。角にかけられていた祠は、高台の神社に移され、丁重に祀られた。いつしか、牛が流れ着いたあたりを牛川と呼ぶようになった。そして牛を洗い清めた場所を洗島、松の木を植えて牛を弔った場所を松下と呼んだ。

徳造爺さんは神妙な顔つきのまま、話を締めくくった。

「これがそっくり、今の地名になっているわけですね」

明るい声がしたのでふり向くと、いつの間にか、吉川先生が来ていた。後ろで俺たちの話を聞いていたらしい。

この昔話に、先生はさらに解説を加えた。

「台風の後の浜辺や洪水の後には、流れ仏や祠などがまれに漂着することがある。これを発端として祀られた寺社も多い。古代の信仰というのは、こういう出来事から発生したんじゃないか。恵比寿さまなんかも同じだな。いや、土地の人はもともと遠くからやってきた知恵者や学者、力の強い者を遠来の神としておそれ敬ったからな。その例え話なのかもしれない」

さすがは社会科の先生だ。授業を聞いてるみたいで、こういう話を聞くとまぶたがとろんと下がり、俺としてはすぐに眠くなってくる。

「だが、牛川という地名については、まったくちがう考え方もある。さっきの牛の話は地名の説話となっているが、多くは地名が先にあって、伝説は後から誰かが考えついたものかもしれないな」

そんな、夢のないことを。柄にもなく、俺は論争に口をつっこんだ。

「じゃあ、牛川の牛って何ですか？　やっぱり牛が流れてきたんじゃないですか」

「いや、だから牛というのは言葉が変化してだな……」

「はあ？　どういうことです？」

「ウシという地名の語源としては、ものの端やヘリを差すフチ（縁）→内側のウチ（内）→動物のウシ（牛）と変化したという説がある。それともうひとつ、潮のウシオのオが脱落してウシになった説がある。ほら、隣の豊川市に牛久保ってあるだろう？　あれも縁（フチ）久保がなまって牛久保に変化したと言われてる」

俺の頭の周囲で、はてなマークが蝶となって飛び交う。再び、まぶたがトロンとしてくる。

「もうひとつ考えられるのは、牛川は豊川と共に水運の要衝として栄えてきたので、潮さす河岸《かし》に由来して、潮川《うしお》から牛川へと変化したと思われる。私としてはこの説をとるな」

学者や先生って、何てややこしいことを考える人たちなんだろうか。俺のザル頭じゃ、さっぱり理解不可能だ。本当のことは誰にも分からない。でも俺は、洪水で牛が流れてきた話に一票入れる。さっき実際に流れてきた豚を見た直後だから、とくに。

なおも吉川先生の講義は続く。

「山や川など、地名の呼び名は時代によって移り変わる。だいたい、豊川という川自体、昔は飽海《あくみ》川と呼ばれていて……」

　吉川教授の講義が長くなりそうだったので、俺はあわてて話題を変えた。

「それにしても、先生、今日は何でここに？」

「台風で学校が休校になってな。それで世話になった徳造さんにお礼を言いに……」

　昨夜のことは、中学校にも連絡が入っていたらしい。

「もしかして、水谷さんのことですか？」

「聞いたよ。二人には、すごくお世話になったようだね。ありがとうございました」

　吉川先生は俺たちに向かって、深々と礼をした。

「何を先生、あらたまって」

「いや、今回はぜひとも、ちゃんとお礼を言いたかったんだ」

　先生は、今朝、和香の家に寄ってお母さんを交えて三人でちゃんと話をしてきたという。

「保健室登校でいいから、少しずつでも学校に来てほしいことを伝えた。水谷、変わってきたよ。はじめて素直に会ってくれるようになったし。いろいろな大人に会ったことで、考えが変わったんだと思う」

「そうですか。良かった」

「大人でもカッコいい人いるんですね、なんて言ってたよ」

「それって俺のことですか？」と照れると、先生は明確に否定した。

「いや、おじいさんって言ってた。おじいさん、スーパーマンみたいって。徳造さんのことだろ」

　がっくりきたが、気を取り直して話を続ける。

「あの子、先生と普通に話せるようになったんですねえ」

「あんなに逃げ回っていたのになあ。あれっ私、いつのまにか先生と話してる、なんて言ってケラケラ笑ってたよ。面白い子だ」

　つい一か月前まで、戦争バトル場で逃げ回っていたことを思うと、嘘みたいな展開だ。吉川先生は、時計を気にしながら言った。

「午後からは、彼女、ホームレス村の片づけを手伝うって言ってたよ。私は学校に戻らないといけないから、五郎くん、時間があったら様子を見てきてくれないか？」

　それで俺は、この日の午後、洪水の後の手伝いに馳せ参じることにした。一晩明けた川べりの村は、嘘のように水が引いていた。徳造爺さんの言ったとおりだ。畑の農作業小屋は骨組みだけを残し、屋根が吹っ飛んでしまっている。が、それ以外の建物は、何とか吹き飛ばされずに原型をとどめている。

　爺さんと婆さんの老夫婦も、避難所から戻ってきていた。「手伝いに来ましたよお」と声をかけると、しわだらけの顔をさらにしわくちゃにして「ありがとねえ」と笑顔になった。

浜やんと河辺さんは、それぞれの小屋の前にブルーシートを敷いて、ちゃぶ台、椅子、布団、Tシャツや靴下などの衣類、鍋やかんなど、雑多な家財道具を表に出して乾かしていた。

「あー、もったいない。安売りでいっぱい買いだめしてたのにぃ」と浜やんが見せてくれたのが、皿うどんの乾めんとスパゲッティーの束だ。ビニール袋の中にも水が入り、修復不可能にぐちゃぐちゃにふやけている。

「どんだけ、好きなんですか。うどんとスパ」

「だってお買い得商品で激安だったんだよ、これ。でも、水害の教訓だ。これに懲りて、これからは買いだめはやめる」

泥水につかった家財道具は洗ったり拭いたりするのがひと苦労だった。頭に赤いバンダナを巻いた和香は、竹ほうきで老夫婦の室内の水を掻き出している。近くの公園の蛇口からしか水を確保できないので、俺は水タンクやバケツを持って往復することにした。これじゃ、いつまでたってもらちがあかない。

右手のバケツが急に軽くなったと思ったら、後ろから走ってきた哲男が肩代わりしてくれていた。

「おう」と後ろをふり向くと、照れた顔の哲男も「おう」と返事をする。

「昨夜は俺、工場の夜勤でな。かんじんな時に、助けに行けんかった」

「そっか、お前の小屋も大変だったんだな」

「たいしたもん置いてないから大丈夫だ。昨日、心配して駆けつけてくれたんだな」

「一番に駆けつけたのは、中学生の水谷さん。俺は爺さんに引っ張られる形で行っただけ」と言うと、

「いや、本当に助かった。礼を言う」と神妙に頭を下げられた。これまでずっと無愛想だった男が、俺に向かって頭を下げたことに驚く。

　両手に水タンクを持って前を歩く哲男が、ふりむきざまに言った。

「あんたでも、人の役に立つこと、あるんだな」

　そのひとことだけは余計だったが。

　ちゃぶ台に折畳み椅子、カセットコンロ。泥のついた家財道具を雑巾でふいていると、「高津さん……」と、和香が声をかけてきた。昨夜のことで無視されていると思っていたから、嬉しかった。

「今朝、先生が家に来た」

「吉川先生？」

「うん」

「聞いたよ。先生、今日、船着き場にもやって来たから」

「そうなんだ」

「来週から学校行ってみようかなと思ってる。保健室しか行けないと思うけど」

「無理しないでいいよ。先生のためとか思わない方がいい」

「うん、でも、先生のお給料減らされるのも、何だかかわいそうだし」

一生懸命な姿に、胸がきゅんとなった。ちょっと迷ったが、告白することにした。

「ごめん、あれ、嘘だよ、嘘」

「なに？」

「生徒の欠席日数に応じて給料減らされるって話」

「……そうなんだ。じゃあ、学校行くの、やっぱりやめよかな」

「いやいや、それはまずいだろ」

和香の顔を盗み見ると、にやりと笑っている。その表情を見て、この子はたぶんもう大丈夫だと思った。


「五郎あんた、早ぅ着替えて、柿の木にのぼらんとオ」

土曜日の朝、母親の声で叩き起こされた。唯一の休みだで、もうちょっと寝かせてくれよと狸寝入りを決めつけていたが、弟の六郎が布団にダイブし、四の字固めをかけてきた。痛ええ。

「兄ちゃん早く！　父ちゃん、もう作業着に着替えて待っとるでねっ」

仕方なくのろのろと起き出した。着替えをして朝ごはんもそこそこに、工具箱から剪定鋏を取り、ずだ袋をあみだにかけて庭に出る用意をする。

秋の訪れとともに、今年も〝柿地獄〟の季節がやってきた。豊橋は石巻の特産、四角くて甘い次郎柿は、この季節になると家中にごろごろ転がっている。だから、朝食後に次郎柿、おやつに次郎柿、夕食後に次郎柿と、毎日毎食消費していかないと、だぶついて我が家はたちまち柿地獄に陥るのである。

高津家の裏庭には先祖伝来の大きな柿の木がある。これは、次郎柿のようには甘くない。渋柿である。生では恐ろしく苦くて、到底食べられたものではない。生の渋柿を食べられる奴がいたら尊敬する。いや、単なる変人か。

しかし、このどうしようもない苦い柿が、素晴らしく美味い柿に変貌するのだ。まるで魔法のように。その素晴らしくデリシャスな柿にたどり着く前に、家族総動員でやらなければならぬ作業が待っているのだ。

納屋から脚立を出してきて、親父と俺が脚立に登って柿を収穫する。民話の猿蟹合戦みたいに、柿をぽんぽん地面に投げ落とすわけにはいかないから、大きな布袋を斜め掛けにして、その袋の中へ剪定鋏で切った柿を入れていく。この時、注意が必要なのは、ヘタの根元の枝をT字形に残しておくこと。これが、後の作業で重要になってくるのだ。そして枝の一番高いところにある柿を二個だけ、わざと取らずに残しておいてやる。冬のはじめに餌がなくなった時に、鳥たちの貴重な食料になる。

自前の柿だけじゃなく、隣近所親戚から渋柿が届くこともあるから、柿の総数はバケツ十個以上にもなる。ものすごい数である。収穫が終わったら、休む間もなく次の作業にうつる。

まず、バケツに山盛りの柿を前にして、ひたすら柿の皮をむいていく。小学四年生の六郎といえども容赦なく作業に従事させられる。「汁が目にしみるぅ」と文句を言いながらも、六郎は先が丸くなっている子ども用の包丁を使い、悪戦苦闘しながら皮をむいていく。

干柿の干し方は地域や家庭によっていろいろなやり方があると思うが、我が家では白いビニールひもの間に、ヘタのT字形の部分を通して、等間隔にぶら下げていくスタイルだ。すだれのようになった干柿は物干し竿にくくりつけられ、軒下にかけられる。雨がかかったら台無しになってしまうから、軒の深い場所が最適だ。

ここまでやったら、約一か月の間、気長に待つ。鮮やかな橙色だった柿が、日数がたつごとにくすみを帯びて水分がぬけて小さく縮んでいく。年末に取り入れ、お正月には、毎日、とびきり甘い干柿が食べられるのだ。

小さくて見栄えも良くない。小粒で固くて黒く縮こまっているので、スーパーで売っている干柿とはぜんぜん違う。でもその、固くて黒い、美味しくなさそうな干柿をかじると、断面に鮮やかな橙色の果肉がのぞき、噛むほどに甘い香りが広がる。絶品だ。目の前に最初に干柿を考えついた人がいたら、思わず抱きついて感謝の気持ちを伝えたい気分だ。

高津家自家製干柿は、保存食としてたっぷりの量がある。古い映画なんかを観ながらだらだら過ごす、冬の夜のおつまみにぴったりなのだ。

秋も深まってきた。季節の移り変わりとともに空気が澄んできて、本宮山とそれに連なる山々の谷筋の緑と黒のコントラストが、遠目にもくっきり目立つようになってきた。

夏の間は岸辺のふちどりになっていた葦原が、この季節になると茶色く枯れた色に変化して輝き出す。地味な色なんだけど、存在感を増してくるのが不思議だ。毎日この岸辺の葦原を眺めているうちに、あれ、これは以前どこかで見た風景だぞ、美術の教科書に載っていた浮世絵と同じだと気がついた。安藤広重の浮世絵に出てくる風景そのままじゃないか。高校時代、美術の時間なんて退屈で居眠りばかりしていたのに、今になって教科書の中の絵がよみがえるとは。

空気が冷たくなってくると、川の水も透明に澄んでくるのがよく分かる。川底の石や砂利が手に取るようにはっきりと見えてくるのだ。嘘か本当か分からないが、徳造爺さんは「豊川の水は、透明度日本一だ。四国の四万十川よりきれいだで」と、自慢する。本当かどうか、今度、小柳津課長に訊いてみよう。

この八か月間、ずっと野外で仕事をしているせいか、野鳥にも詳しくなった。春に薮の奥で鳴いていたウグイスやメジロは姿を潜め、今、目の前をちらちら飛んでくるのは黒と白のツートーンカラーの千鳥や橙色の腹をみせるジョウビタキ、黒い羽根にくちばしがオレンジ色のムクドリなんかが多い。鳥のなかでも俺のお気に入りはヒヨドリだ。ヒヨドリが集団で飛んできてケヤキの木にとまると、奴らの重みで枝がしなる。むくむくとした羽根の重なりと、ふわふわした頭が可愛いくて眺めていて飽きない。

もちろん、最初は鳥の名前なんか全然知らなかった。ただ、鳥は鳥。木は木、花は花としてしか認識していなかった。ひとつひとつ徳造爺さんが教えてくれたのを覚えていて、親父の本棚から拝借した野鳥図鑑のページを繰り、少しずつ記憶していったのだ。

鷺やウミウのたぐいも多い。ふわっと大きな羽根をすぼめて舞い降りてくる白鷺は、いつも姿勢よくピンと立っていて、くちばしを水面に入れ小魚を狙う。すぐ横にいる俺と目が合っても、まったく動じない。「何じっと見てんだよ。俺おまえなんか知らねーよ」と、無表情を装っているのだ。そのクールさには敬服する。

船着き場にいつもやって来るカラスが二羽いる。カラスなんてみんなおんなじだと思っていたが、羽根をのばすと大きくなる奴と、小ぶりな奴。知らないうちに、この二羽の違いを見分けられるようになった。近くの林の中に巣があるのにも気がついた。ヒナが生まれたら、しょっちゅう餌を与えないとだめみたいで、親カラスは一日中餌を求めて飛び回っている。カラスなんて人間のゴミをあさるだけのあさましい奴だと思っていたが、いったんカラスの生活を知ってしまうと大変だなと同情する。船着き場の階段でコンビニ弁当を食べていたら、細い足でケンケンするように寄ってきて「何かくれよ」と催促する。箸でつまんでごはんのかけらを放ってやると、素早い動作で駆けてきて、くちばしにくわえて巣に運んでいく。行動はクールであるが、何となく「ありがとよ」と言ってるように思える。

空になった弁当箱が、風で飛ばされそうだ。今日はむやみに風が強い。風向きが少し変わると河畔林や竹林に遮られて風も弱くなるというのに、今日は北西からの強い風がまともに吹いてきている。風速十メートルくらいか。悪いことは重なるもので、時刻は午後二時、ちょうど満潮の時刻だ。放っておいても船は川上の方へと流されてしまう。満潮なので水量も多い。八メートルの長さの棹を川底にさすと、水面に一メートルくらいしか出ない。やばい。これじゃあ、ぜんぜん船を操れない。

軽トラが車体をきしませながら、牛川側の提を下りてくるのが見えた。徳造爺さんのしわがれ声が響く。

「おーい、高津。トキワの大判焼き買ってきたぞ。おやつにすまい」

早く向こう岸へと、あせってぐっと力を入れた途端、握っていた棹が「く」の字の形にポキンと折れた。

「あ、あーっ」

バランスを失った俺は、もんどりうって川に投げ出された。

ばっしゃーん。全身に鳥肌が立つ。顔の周りで大きな泡がぶくぶく沸き立ち、俺は川底へと沈んでいった。耳がキーンとする。足がつかない。

「うぐぐぐぐう」

必死に手足をばたつかせて、もがいた。このままだと溺れて死ぬ。労災認定下りるんだろうなっ。死を覚悟した瞬間、身体がふわりと軽くなって、川面に浮くことができた。

「しばらく、立ち泳ぎしとれっ」

河岸で見ている爺さんは、容赦ない。

「おい、棹が流されるだら。泳いで取ってこいっ」

可愛い弟子より、棹の方の心配かよ。抗議の声をあげる。

「さ、棹なんて。また竹林から取ってくれば」

「阿呆。あそこは国有林だ。許可なくむやみに竹を採ってくることはできん」

ええ？　いつも許可なんか取ったことないくせに。

「棹を作り直すにしても、先っちょについとる金具は貴重品だ。ほら早く、泳いで取りに行けっ」

人が溺れかけてるのに。まったく情のないジジイだ。許せん。

「ぼーっとしとると、そのまま海まで流されるぞん」

平泳ぎしながら、波間にゆらゆら浮いている棹を、必死で追いかける。溺れそうになりながら腕をバタバタのばし、浮かんでいる棹を必死でつかんだ。ほっとして全身の力がぬけたら、また溺れそうになって、川の水をごくっと呑み込んでしまった。

「はやく、助けてーっ」と叫んだつもりが、寒さで歯の根が合わず「ふぁふぁぐ、だずでででえ」になる。

爺さんはあきれ顔をしながら、こっちへ向かって浮輪を投げた。助かった。これで生きて帰れる。

救命用の浮輪にしがみつき、牛川側の船着き場に無事生還した。全身びしょ濡れだ。さ、寒い。

俺から折れた棹を受け取りながら、徳造爺さんは何事もなかったかのように言い放つ。

「まだ秋で良かったぞん。これが冬だったら。高津、おまえ、とっくに凍死しとったわ」

「秋でも十分寒いですよ！」と言い返そうとしたら、はっは、はーくしょんと特大のくしゃみと鼻水が同時に出た。

やどり木の横で、大きなカラスが間の抜けた声でカアと笑った。

# 第四章　渡し船が廃止!?

若者たちは腕に赤や緑のミサンガを巻きつけていた。ドーハの悲劇が日本を襲い、ナタデココが人気を博し、法隆寺が世界遺産になり、師走になって田中角栄が死んだ。

やがて新しい年、一九九四年がやってくる。しかし非情にも、牛川の渡しを守る船頭の俺には正月というものは存在しない。

その事実に気づいたのは、間抜けなことにジングルベルが聞こえてくる頃。船着き小屋の便所の便器に座りながら、何気なく目の前に貼られたカレンダーを眺めている時だった。えーっと思わず叫んだ途端に、ブハッと大きなモノが出た。

「何だん、大きな声あげて。厠に大事なもん、落としたか」と、徳造爺さんが眉をしかめながら便所をのぞく。俺はあわてて腰を浮かせ、ジーパンを引き上げた。

「船井さん、もしかして、渡し船の正月休みって、どうなってるんです？」

爺さんは即答した。

「何ほうけたこと言っとるんじゃ。正月だろうと盆だろうと、渡し場は年中無休だぞん」

「えっ、お正月休みがないって、そんなの、ありですか？」

「当たり前だ。渡しは、道路扱いだで。市道牛川町・大村町二四四号線。道路に休みちゅうもんがあるか」

「そんなあ〜」

再び、壁のカレンダーを真剣に見直した。元日は土曜日だから、幸いにも徳造爺さんの担当だ。ラッキー！　でも大晦日と二日は出勤だ。あまりに残酷である。こんなんじゃあ正直、正月って感じがぜんぜんしない。市役所勤務の奴らは年末年始で一週間連続で休むというのに。ものすごい差別だ。

去年の大晦日は実家に戻ってきていたので、大掃除だ買い出しだと、一日中母親にこきつかわれた。だが今年は、龍一たちと遊ぶ計画がある。弟の六郎が「きんだんのくに」と覚え込んでいる豊橋唯一のディスコ、キング&クイーンに繰り出して、カウントダウンしながら年越ししようぜと、誘われているのだ。

「ねえ、船井さん。大晦日の仕事、代わってくださいよ。どうせ、一人暮らしなんだし。年末も正月も関係ないでしょう?」

そう言ってから、しまったと思った。小柳津課長から、徳造爺さんは家族も身寄りもなく、天涯孤独だと聞いていた。小刀で棹を削る向こうを向いた背中が、心なしか、しょんぼりしているようにも見える。

しかし徳造爺さんは傍らに棹を置くと、「ええぞ、代わってやる。高津も正月くらい休みたいだら」と言った。

「本当ですか?　うわあ、助かります」

「課長にはわしから言っといてやるでな」

どうしたんだろう、今日はめずらしく優しい。午後から、大雨が降るかも。なんて思っていたら、本当に雨粒がパラパラ落ちてきた。空に向かってふふっとほくそ笑んだ。

新年早々、小柳津課長が重苦しい顔をして、船着き場にやって来た。

俺は家から持ってきたベンチシートの上で寝そべり、冬のはかない日差しで日なたぼっこを楽しんでいた。分厚いダウン・ジャケットを着ているから寒くはなかった。

最近、客が少ない。というか、渡し場に遊びに来る人影がいない。冬だから、当然かとも思う。ボラ釣りに来ていた二人の小学生は学校に戻ったのか、最近姿を見ないし、不登校中学生の和香も現われない。

背後の駐車場で、車の停まる音がした。客かと期待してふり向いたら、小柳津課長だった。なーんだ。起き上がるのも面倒臭い。

課長は寝そべっている俺のところまでやって来ると、ぱしゃっとひしゃくで川の水をかけた。「冷たいじゃないですかあ」と叫んで起き上がると、「何をのんきに昼寝しとるだ。この大変な時にっ」と大声で怒鳴られた。はあ、大変って何が？　俺の思考回路が遮断される。一瞬の沈黙の後、地蔵顔の唇が動いた。

「……渡しが廃止になるかもしれん」

「えっ」

　寝耳に水とは、まさにこのことだ。

　課長の話を総合すると、こういうことだ。去年、東京から来た新任の助役が牛川の渡しの廃止を提案したらしい。この助役、もともとは有名大学を出た銀行員で「経済効率を考え市政の無駄をはぶく」がモットーの男。その流れで、廃止の方向で検討中といういくつかの事業の中に、牛川の渡しも含まれてしまったらしい。

「そんな……。バブルが崩壊したことと関係あるんでしょうか?」

「バブルなんて言われてもなあ。そもそもこんな地方の町、バブル自体がなかったような気がするんだがなあ」

「そうですよね」

　豊川の渡しは、かつて上流から下流まで全部で十四か所もの渡しがあったという。

　上流から、乗本、日吉、庭野、鋤田、東上、金沢、賀茂、上三上、三上、当古、天王、行明、暮川、そして牛川。明治大正から昭和を迎える頃になると、川には順番に橋が架けられていき、それにつれて渡し船も姿を消していった。

　下条橋が架けられた昭和五十三年(1978)には、行明と天王の渡しが廃止された。暮川の渡しは公営ではなく、対岸の畑に通う五、六人の村人のためであったがその村人が高齢になるとそれもいつしか途絶えた。それで今現在残っているのは、ここ牛川の渡しだけになってしまったのだ。

「世の中、そういう流れになってきとるってことかなあ」

小柳津課長は苦虫をつぶしたような顔をして、腕組みをした。

「客も減っとるだら、ここのところ。年間利用者数が五千人を割ってきとるでなあ」

確かに、客がひとり、ふたりという日も、あるにはある。だけど、それが何なんだ。田舎の道路だって、まる一日誰も通らない日があるだろう。だからといって道路を壊してしまわないはずだ。

小柳津課長は言った。

「めったに利用しない客のために、公務員を配置しとくのはもったいないいんだと」

俺はいちばん気になっていることを聞いた。

「なくなるんですか？　俺の仕事」

「渡しが廃止になれば、な。だが渡しの業務を民間委託にして無駄な経費をおさえるという案もある。そうすれば民間の会社への外注になるから、市役所の職員は管理業務だけになる。船頭は民間会社で手配するだら」

「俺はお払い箱ですか？」

「いや、お前はあくまで市の職員だ。その時は、土木管理課で別の仕事をあてがう」

先のことがまったく見通せない。漠然とした不安で胸が押し潰されそうだ。

田舎の特性なのか、それから数日で牛川の渡し廃止の噂はあっという間に周囲に知れ渡った。

「ええーっ、そんなの困ります」と第一声を上げたのは、大村の女子高生三人組だった。「吉田大橋まで遠回りして通わなきゃいけないなんて。そんなの遠すぎる」と、ぽっちゃりが眉間にしわを寄せた。「朝の出発時間が早くなっちゃう。朝シャンする時間がなくなるの、やだあ」と、ポニーテール。「困ります、船頭さん、何とかならないんですか」とゲラ子は俺に水を向けた。

「さあ、俺に言われてもねえ」と応えたら、ポニーテールに「たよりないですね、高津さん。当事者なのに」と言われた。

「五郎さん、どうせ一番下っ端だもんね」とゲラ子。まあその通りだが、そんなにストレートに言われるとムッとくる。

ホームレス村の住人である浜やんは「俺の空缶収集はどうなる。激安スーパーへも買い出しに行けんじゃん」と天をあおいで、はーっと溜息をついた。

その隣で「わしの病院通いも、これまでかのん」と、さみしそうにマツ婆さんがつぶやく。婆ちゃん、病院へは家の人に車で連れてってもらったらと声をかけると、「嫁さんも毎日パートで働いとって忙しいのに、そんなこと頼めるかいな」という返事。

「そんなことより、わしゃ自分の足でゆーっくり歩いて渡し船に乗って、病院に行くのが楽しいんじゃ。病院へ行ったら誰かれと、顔見知りが来とるでのう」

「病院はじーじーとばーばーの社交場かいな」と俺。

「まあ、そういう面は大いにあるな」と、浜やん。

工員の哲男は相変わらず、不機嫌な顔のまま、みんなの話を聞いている。

数日後、吉川先生が中心となって文書を取りまとめ、豊橋市議会に「牛川の渡しの存続を求める請願書」を提出した。「私も利用者のひとりだからな。堂々と意見を言える立場にある」と、市議会議員と市役所幹部の居並ぶ前で、吉川先生は朗々と請願書を読み上げた。

「下条橋と吉田大橋の間は四キロ以上の距離があり、とくに大村と牛川の住人にとっては渡し船による通行はなくてはならないものです。どうか、千年の歴史を伝える牛川の渡しを廃止しないでください」と。

しかし、渡し船を利用する市民は少ない。このわずかな人数のために、廃止計画は撤回されるのだろうか。先のことはまったく分からない。

「これが初めてやない。これまで何度も廃止の話はあった」と、徳造爺さんは言う。

これまでも廃止されそうになったところを、「私たちの足をなくさないで」「目の前の道をなくさないで」と、地元の人たちの中で存続運動が起こり、牛川の渡しは何とかふんばって残ってきたという。存続の危機は前からあったのだ。

「役所っていつもそうだ。一番関わりのある人間にはひとことの断りもない。意見も聞かない。渡し船なんて乗ったことのない偉い人たちに勝手に決められて、我々はそれに黙って従うだけなんて。正直、腹が立つ」と、吉川先生は真剣に怒っていた。

週末、仕事を終えてから、自転車で昔の船着き場の跡に行ってみた。天王の渡しといい、下条橋がかけられた時に廃止になった渡しだ。

俺が六年間通ってた小学校から北西に少し行った所に、天王の渡し跡はあった。こんな身近な場所にあったのに、これまで全然知らなかった。提の下に〝天王の渡し跡〟とちっぽけな石碑が建っているから、すぐに分かった。石碑を囲む植え込みが、ご丁寧にも船の形になっている。昭和五十三年に廃止とあるから、俺が七歳の時だ。たいして話題にもならなかったから、覚えているわけがない。

川のほとりに立つと、コンクリートの土台が川の中に見えた。船着き場の跡に違いない。目をこらすと川底に階段のようなものも見える。船着き場だった階段が崩れ落ちて、川の中に落ちこんでいるのだ。

水止めのテトラポットの残骸が台風で押し流されたのか、あちらこちらに散乱している。テトラポットの突き出した形が、夕焼けの空をバックにした薄暗い風景の中では、死者の硬直した手足にも見えて、どきっとする。打ち捨てられた船着き場の残骸は、まるで川の中の墓標だ。

胸が痛む光景だった。渡し船が廃止になるっていうのは、こんなふうになってしまうことなんだ。

こんなふうに荒れ果てたままほったらかしにされて、人々から寂しく忘れ去られてしまうことなんだと、俺は衝撃を受けた。

それから一週間ほどたった平日の午後。渡し場は非番の日で、俺は役所で資料の整理をさせられていた。午後四時頃、突然、土木管理課の電話が鳴った。電話をとった職員が、俺に「出ろ」と言う。牛川の渡しを通学で使っている高校生三人組のうちのひとり、ポニーテールからの電話だった。

受話器の奥からは、不安そうな、泣きそうなかすれ声が響いた。

「船呼び板を何度打っても、船が来ないの」

最初、彼女が何を言っているのか分からなかった。

「ちぎり丸は？」

「川の真ん中で、止まったまんまで……」

「船井さんは、どうした？」

「呼んでも返事がないんよ。どうしよう。どうしたら、いい？」

心臓がどきどきした。あいにく小柳津課長は席をはずしている。緊急事態には違いない。渡し場で、何か、とんでもないことが起こっているのだ。

がちゃっと受話器をひったくる音がして、電話口の声は、ぽっちゃりに代わった。

「あっ、もしもし五郎さん？　いま提の高くなってるところから船を見たんだけど、大変だよ。お爺さん、船の中でうつぶせになって倒れてるみたい」

「えっ」

俺は絶句した。頭が一瞬、真っ白になる。

「すぐ、行く。そこでそのまま待ってて」と叫び、電話を切った。職員に事情を話し、取るものもとりあえず、自転車にまたがり、全速力で市役所を飛び出した。落ち葉の降り積もった豊橋公園を突っ切り、朝倉川にかかる小橋を渡り、冬枯れの田んぼの中の道をひた走った。提の上の道に出ると、豊川の真ん中に漂っているちぎり丸が目に飛び込んできた。

やっぱり、そうだ。爺さんは舳先に近いあたりで、うつぶせの姿勢で倒れていた。頭は菅笠におおわれていて、その表情までは分からない。

提の急斜面を自転車のまま駆け下りた。河原の石にぶち当たり、前のめりに倒れたが、ぽんこつ自転車をその場に打ち捨てて走った。船着き場では、女子高生三人組が不安そうな顔で立ち尽くしている。ゲラ子がこっちを見て叫んだ。

「あっ、五郎さんが来たっ」

ポニーテールが金切り声をあげる。

「どうしよう、ねえ、どうする?」

ゲラ子は半分泣きべそをかいている。

「おじいさん、死んじゃったのかなあ?」

ぽっちゃりが悲痛な声をあげる。

「どうやって、あそこまで行ったらいいの?」

俺はとっさに作業小屋に保管してある予備の棹を取りに走った。そうだ、古い川船を使おう。ヨシの陰に隠れている小舟のところに行き、係留してあるロープを解いた。もう何年も使ってないらしく、泥や埃のつまったロープの結び目はほどくのに時間がかかり、いらいらする。ようやく結び目をほどき、船を押し出し、ざぶんと川に入って船の後ろに飛び乗った。握った棹を、川底に深く突きさす。大丈夫だ。ちゃんと動かせる。

岸辺を離れてから、この船はワイヤーにつながれていないことに気がついた。安全装置のない自動車に乗っているようなもんだ。血の気がひいたが、もう戻れない。必死に棹をさし、ちぎり丸めざして前進する。波がおだやかなのに、助けられている。

ちぎり丸に横付けしながら、呼びかけた。

「船井さん!」

返事がない。爺さん、どうしちゃったんだろうか。まさか……。

ちぎり丸と川船をロープでくくり、俺はちぎり丸に飛び移った。

「徳造さん!」

ぷんと尿の臭いがする。爺さんは失禁したまま、うつぶせの姿勢で倒れていた。目は固く閉じられていて、ぴくりとも動かない。

船着き場にいる高校生たちに向かって叫んだ。

「きゅ、救急車呼んで! 早く!」

声がかすれる。表情の固い三人は、固まったままだ。

「小屋に電話があるから、それ使って。早く!」

ポニーテールは作業小屋にパタパタ走っていき、すぐにまた戻ってきて叫んだ。

「救急車って、110番だっけ、119番だっけ。ねえ、どっち?」

「阿呆!」と叫びながら、慌てているせいか、俺も思考が停止し、どっちだったか分からない。

「あ、119番じゃなあい? 110番は警察で、119番が消防」と、ゲラ子が言う。いつもふざけてばっかりいる子が、意外に冷静だった。ぽっちゃりが言う。

「ねえ、救急車って消防署に置いてあるの?」

俺はいらいらして怒鳴った。

「ある! 早く119番に電話してっ」

落ち着け、落ち着けと言い聞かせながら、俺はちぎり丸を牛川側の船着き場に着けようと、けんめいに棹を動かした。騒ぎを聞きつけたのか、ジョギングや犬の散歩中の人も集まってきている。仕事帰りの哲男、アルミ缶袋を乗せて自転車を押す浜やんの顔も見えた。

苦労しながらどうにかこうにか、船着き場に着岸できた。俺は浜やんと哲男に手伝ってもらって、徳造爺さんを抱きかかえ、作業小屋の前まで運んだ。

「徳造さん！」

「船井さん！」

俺たちの声かけに、爺さんは答えない。女子高生たちが口に手をあてて「おじいさーん！」と悲痛な声をあげる。爺さんは無言だ。固く目をつむったまま、反応がない。陽に焼けた顔が心持ち青白くなっているような気がする。血が出ているとか、どこかを怪我しているとかいうことはないようだった。だが、意識がないのが心配だ。どうしていいのか分からない。応急措置とか救急訓練とか、こんなことなら講習を真面目に受けていれば良かったと悔やむが、もう遅い。

やがて、ピーポーとけたたましいサイレンを鳴らして、救急車が到着した。頑丈な身体つきの救急隊員たちは手慣れた様子できぱきと動き、倒れたままの爺さんをストレッチャーに乗せた。

「どなたか、ご家族かお身内の方、いらっしゃったら同行してください」

はい、と静かに前に進み出たのは、哲男だった。爺さんと哲男を乗せた救急車はあわただしく走り去っていった。

え？　哲男が徳造さんの身内？　もうわけが分からない。腰から下がびしょぬれで、寒い。呆然と立っていたら、後ろからポンと肩を叩かれた。振り返ると、いつのまにか小柳津課長が来ていた。


「大変やったなあ」

「はあ。船井さん、どうしちゃったんでしょう」

「年寄りだで、何があっても驚かんわ」

「そんなもんですか。え、驚きますよ、これは」と、俺は唾を飛ばす。

「船井さん、身寄りがない一人暮らしって言ってたのに、何で急に親族が現われるんだか。それも哲男が。もう、わけがわからないっすよ」


小柳津課長は「まあ、人生いろいろあらあな」と、腕組みをしている。


「何なんですか、それ」

「それはそうと、高津おまえ、ヨシの陰に昔のおんぼろ船があるの、よう知っとったな」

「船井さんから聞いていたのを思い出して……」

「それにしてもあのボロ船、動かしたこともないのに、とっさによう操作できたなあ」

「はあ」

「ちぎり丸の手すりにロープで結わえて戻ってくるなんざ、レスキュー隊員並みの技だで」

「はあ」

地蔵顔がニカッと笑った。

「火事場の馬鹿力ちゅうもんかのん。……ほめてつかわす！」

救急搬送された徳造爺さんは、そのまま市民病院に入院した。脳の左視床で出血しており、手術は危険と判断。医者からは、このまま出血が止まらなければ死ぬと言われたそうだ。幸い、二日後に意識を取り戻したが、右半身に麻痺が残った。頭の先からつま先まで、右半身がまったく動かない。リハビリ訓練で回復をはかるという。

牛川の渡しの船頭に欠員が出てしまったので、週に二日は役所から応援の職員が来ることになった。で、その担当が小柳津課長だったので驚いた。

「課長、船頭できるんですか？」と訊くと「何言っとるだ。これでも昔はちぎり丸を動かしとっただ」と、胸を張って切り返された。

ベッドに寝たままの爺さんは、誰も聞き取れないうめき声をあげるのみだったが、一週間後に普通病室に移り、十日後にようやくドロドロのオートミールを食べたという。

「点滴じゃなく、はじめて口からものを食べられたんだが、お袋が介助してスプーンですくってやっても、口からぼろぼろこぼすんだ。目はとろんとして開いているが、言葉は出ない。オートミールがまずいんだろうか、食べてる間じゅうずっと顔をしかめてた。あとは、ひたすら寝てるだけだ」と、船着き場にやって来た哲男が報告した。

　俺は聞きたくて仕方なかったことを聞いた。

「あの日はびっくりしたで。爆弾発言が飛び出したから。おまえ、船井さんと親戚だったんか？」

　哲男は俺の目をじっと見返す。挑戦的だった目の光は消え、これまでになく柔らかな表情になっている。

「親戚も何も……俺は爺さんの孫だ」

「え、まさか」

「本当だ。爺さんは、その事実をまだ知らんけどな」

「へ？　どういうこと？」

「かなり昔の話にさかのぼるけどな。長くなるけど、聞くか？」

　コンクリートの護岸に腰を下ろし、哲男は話しはじめた。

「昭和十六年、二十歳になった徳造爺さんは徴兵検査を受けた。今はあんなに痩せてるが、若い頃は並の体格だったとみえて、甲種合格で即日入営だ。その年から新設された歩兵第百十八連隊に入隊した。ああ見えて、爺さん、若い頃はもてたみたいだな。入隊の前夜、爺さんはテルという幼なじみの少女と秘かに祝言を挙げていたんだ。家族も知らないことだった」

「へえ、やるな、爺さん」

いた小柳津課長が口を開いた。

「昔はな、まあ、そういうことも周りにたくさんあったでな。戦争未亡人が連れ子と一緒に再婚するなんて、そうめずらしいことじゃなかったぞん」

やけにしんみりした口調だった。

この日の哲男は、びっくりするくらい、よくしゃべった。哲男は本当に、テルばあちゃんが大好きだったのだろう。


一か月がたち、徳造爺さんは何とか退院できるまで回復し、哲男の実家で療養生活を送ることになった。ようやくめぐってきた休みの日、俺は徳造爺さんの見舞いに出かけた。

哲男の実家は大村のラディッシュ農家で、牛川の渡しから案外近い距離にあった。呼び鈴を押したら、哲男の母親だろうか、愛想のいいおばさんが玄関に出てきて、お爺さんと哲男は近所を散歩中だと伝えた。

「通り三筋向こうの児童公園だから、すぐ分かりますよ」

俺は礼を言って外に出ると、教えてもらったとおりの公園をめざした。

ブランコとすべり台のある児童公園は、すぐに分かった。公園の出口から、ナンキンハゼの並木を並んで歩いてくる二人連れが見えた。

徳造爺さんは以前よりさらに痩せ、身体はひとまわり小さくなったように見えた。髪は少し長く伸び、胡麻塩頭だったのが真っ白な白髪頭になっている。耳の下から首筋にかけて、ナイフでえぐったような深いしわが曲線を描いて流れ落ちている。小さな頭はまっすぐ前を向き、震える手で杖を持ち、少し腰を落とした姿勢で小刻みに足を動かしていた。

哲男は理学療養士のような顔をして爺さんに寄り添い、同じペースで歩いている。アスファルトの上を、ふたつの黒い影がゆっくり動く。爺さんは時々、歩みを止めて、生け垣の椿の花を凝視する。道の向こうから猫が歩いてくると、通りすぎるまで立ち止まり、じっと見ている。哲男にうながされると、小刻みな歩みを再開した。

俺は先回りして公園の角を曲がり、歩いてくる二人と正面から向き合う形となった。すぐに哲男が気づいて、軽く手を上げる。俺は真正面から、徳造さんの目を見ながら近づいていった。

「船井さん」

返事がない。というか、黒目に表情がない。もう一度、声をかける。

「徳造さん」

日焼けした顔はそのままだが、目に光がなく、目のまわりが深く落ちくぼんでいるように見える。シマウマの目だ、と思った。

「お久しぶりです、船井さん」

「……」

聞こえているのか、聞こえていないのか。徳造爺さんは俺に目もくれず、スッとそのまま通り過ぎた。小刻みな擦り足のペースを落とすことなく。

哲男が怒ったような顔をして、ふり返った。

「気にすんな。脳出血の後遺症だ。誰の顔も分からんみたいだ」

「そんな……」

言葉が出なかった。おう、高津、おまえここで何やっとるだ、船頭さぼって何しとる、早く船着き場へもどれと、いつものしわがれ声で言ってほしかった。棹を川に落とす俺に向かって「このたわけがっ！」と怒鳴った時の迫力は、どこにいってしまったのか。目のまわりを白くさせて、ぼんやりおとなしい爺さんなんて、俺の知ってる爺さんじゃない。

俺はあらためて徳造爺さんの全身を見た。もともと痩せていたけど、倒れてからの爺さんは、さらに痩せたような気がする。ラクダ色の肌着からのぞく腕は、冬の枯れ枝か、浜辺に落ちている貝殻を思い起こさせた。言葉はなかったけれど、小さく骨ばった背中が何かを伝えているような気がした。

代々続いた船頭の家での暮らし、厳しかった父ちゃん、優しかった母ちゃん、豊川のほとりで明け暮れた戦争ごっこ、満州の荒野、夜の太平洋、サイパンのジャングル、家族や友人との悲しい別れ。もう、ぜーんぶ忘れていいでね。わしはもう忘れることにするだ。骨ばった背中が、そんなふうに言っているように思えた。

児童公園には近所の保育園の子どもたちが、エプロン姿の先生に連れられ散歩に来ていた。赤ん坊たちは籐で編んだ大型乳母車に乗せられ、少し大きな園児は二人ずつ手をつなぎながら、ゆっくり歩いている。ぷくぷくの手足が左右に揺れる。

日除け対策なのだろう、子どもたちは全員、後頭部に大きな垂れのついた緑色の帽子をかぶっていた。帽子から垂れ下がった布が風に揺れ、真っ白で柔らかそうな襟首がのぞく。

園児たちの集団を見て、急に爺さんは棒立ちになった。顔が赤黒くなり、杖を持つ手が、ぶるぶる震えている。

「行くな、そっちに行くんじゃないっ！」

えっ。

俺と哲男は同時に、徳造爺さんの顔を見た。

「そっちに行ったら、全員死んじまう。戻ってこいっ」

爺さんの様子は普通じゃなかった。緑色の帽子をかぶった子どもの後ろを歩いているうちに、爺さんは五十年の時空を踏み越えてしまったのだ。

徳造爺さんは手に握っていた杖を振り回し、地団駄を踏み、吐き捨てるような声で「たわけ、このたわけがっ」と怒鳴った。

びっくりした保母さんと子どもたちが、こっちを見る。ふえーっと、乳母車から赤ん坊の泣き声も上がる。哲男と俺は、何でもないんです、すいません、すいませんと、ぺこぺこ頭を下げ続けた。

痩せた身体を抱きかかえるようにして、俺と哲男で徳造爺さんを家に連れて帰った。爺さんの骨ばった身体はまだ興奮の熱を伝えていて、始終小刻みに震えていた。しかしその後は声を出すことなく、家に帰り着くと哲男の母親にうながされるまま、敷きっ放しの布団の中に入って眠ってしまった。

襖の奥から大きないびきが聞こえてくる座敷で、俺はお茶をすすり、自分で持ってきた黒糖ういろうを食べた。

「すいませんねえ、せっかく来てもらったのに」と哲男の母親が、すまなさそうに声をかける。

「びっくりしたでしょう?」

「……なんか、別人になっちゃったみたいですね」

「そうでしょう」

「からだの皮膚の下に、違う人格が入っちゃったみたいな……」

「あら、うまいこと、言うわね、この人」と、哲男の母親はふふっと笑った。

「この家でお爺さんを引き取って、みんなで面倒みようかってことになりましてね。お父さんもいるし、私以上に息子もよく面倒みてくれるし」と、哲男の方を向いて笑う。哲男は照れくさそうに、渋茶をすすっている。

「この子は、おばあちゃん子でしたからねえ。徳造さん、おばあちゃんの前の旦那さんなんですよ」

「はあ、哲男くんから聞きました。びっくりしました。早くそう言ってくれりゃ良かったのに」

「まあ、家族の事情で、なかなか言い出せなかったんですよ。でも、うちの人も陰ながらずっと徳造さんのことを気にかけてましたよ」

「そうなんですか」

帰り際、哲男の母親は山のようなラディッシュをお土産に包んでくれた。

「それから、ひとつお願いがあるんだけど……」

哲男の母親は、茶箪笥の引き出しから輪ゴムでくくった紙の束を取り出した。

「洗濯しようと思ったら、これ、おじいさんの作業着のポケットから大量に出てきたのよ」

ちゃぶ台に並べられたのは、とよはし競輪の車券の山だった。

「レースはもう終わったみたいなんだけど、もしかして当たってるかもしれないでしょう。高津さんも忙しいかもしれないけど、一度調べてくれないかな？　当たってたら払い戻ししてもらっていいから。ほら裏に、有効期間六十日って書いてあるし」

俺は哲男を見て「お前が払い戻し、行ってくりゃいいのに」と言うと、哲男は「俺はああいうところが苦手で」と頭をかいた。

徳造爺さんの競輪の車券は、作業小屋のスポーツ新聞の下からも大量に見つかった。どうせ捨て券だろうと思ったが、すけべ心でレースの結果を確認してみると、何とそのうちの一枚が当たっていることが判明した。九千円の儲けだった。さほど大当たりでもないが、捨て置くには惜しい金額だ。換金して、爺さんに渡してやろうと思った。

だが、ひとりで競輪場に行くなんて、つまらない。こんな時、絶対に誘いにのってくる便利な奴が、俺にはいる。ゴルゴこと荒川龍一だ。案の定「豊橋けいりん行こまい」と声をかけると「おう」と、すぐに誘いにのってきた。

金曜日の午後、エンジン音もけたたましく、龍一のアメ車が市役所地下の駐車場にすべり込んできた。俺は有給休暇を取って役所を早引けし、龍一とふたり週末のレースに繰り出したのだった。とよはし競輪のゲートをくぐるのは、小学生の時に父親に連れられて来て以来だ。なので何と十年ぶりだった。競輪場というのは周囲の雑多な町の風景も含めて、独特の空気感とにおいがする。舗道のきわに居並ぶ予想屋と、それに群がる男たち。スナックというよりはスタンドという雰囲気がぴったりの小さな飲み屋、路上に散らばる投票票や車券。草むらから立ちのぼる小便のにおい。くたびれた作業着ズボンに手拭いを引っかけた労務者の男。土方仕事をしているのだろう、冬でも赤銅色の顔をした男。ニッカー・ズボンに地下足袋をはいて蟹股で歩く男。出走表を握っているつなぎ姿の男は自動車整備工か。男たちの口からは、まだ明るいのに日本酒のにおいがぷんぷんしている。

そんな男たちに混じって、俺と龍一は競輪場のゲートをくぐった。喧騒のなかを進むと、左手に屋台の並ぶ一角が見えた。焼きそば、ラーメン、唐揚げ、タコヤキ、おでん、どて煮、牛丼に親子丼の店もある。七輪でホルモンを焼いているのか、肉を焼く良いにおいも漂ってくる。

龍一と俺の腹が、同時にぐうと鳴った。

「たまらんなあ、このにおい」

「レースの前に、ちょっと腹ごしらえしてっくか」

あれこれ迷いながらも、俺と龍一は、どて煮の店のカウンターに陣取った。

木のカウンターは肉から出る油と埃が混ざり合い、表面がぎとぎとしている。龍一が、白ネギを切っているおばはんに声をかけた。

「おばちゃん、どて煮とおでん盛り合わせ二人前、頼むわ」

「へーい、どて煮、いっちょう！」と厨房に向かって叫ぶ横顔を見て、椅子から落ちそうになった。母親だった。

「あれ、五郎、ここで何しとるん？」

「あれじゃないわ。おっかあこそ、何しとる」

母親は俺の質問を無視し、龍一を見て表情を崩し「五郎がいつもお世話になってまーす」と白い歯をみせた。

「何しとるって、お店の手伝いに決まっとるじゃん。ここの大将が病気療養中でね。わたし奥さんと高校の同級生だで、見かねて手伝ってあげとるじゃんねえ」

おしぼりで顔全体を拭きながら「そっか。あ、俺、生中ひとつね」とビールを注文する。車で来た龍一は、横目で俺をにらんでいる。

「ところで、あんたこそ何でまた、競輪場に？」

「船井さんが倒れたのは知っとるだら？　車券がいっぱい残っとって、当たり券があったから換金しに来た。まあ、どうせ来たなら一、二回レース冷やかしてから帰るわ。競輪来たの、久しぶりだで」

「そうだね。小学生の頃はお父さんに連れられてよく来たもんだけど」

おでん鍋をお玉でかきまわしながら、女将らしき太った女の人が黄色い声を出す。

「まあー、五郎ちゃん、大きくなって」

肩にかけた手拭いで額の汗をふきながらにっこり笑う。確かに、この人は母親の友だちだ。昔どっかで会ったことがある。

「五郎ちゃん、船頭しとるんだって？」

「はあ、そうです」

「毎日えらいねー。でも、牛川の渡し、なくなるかもしれないいんだってね」

「そうなんですよ。どうなるかまだ分からないんですけどね。師匠も倒れるし、廃止の話も起こるしで、もうふんだりけったりですよ」

「あら、廃止になっても五郎くんは市の職員だから、内勤になるんじゃないの？　どうせなら役所勤めの方がラクでしょ？」

「さあ。どうでしょうねえ」

俺は頭をかいて下を向いた。母親の目がキラッと光ったような気がした。

どて煮は豚のモツを赤味噌で煮込んだものだが、時間をたっぷりかけて煮込むので、器に盛られた一品の見た目は真っ黒だ。やわらかく煮た豚モツと角切りのこんにゃくをつまんで、口に入れる。噛むほどに、濃厚なうまみがじんわり広がる。

龍一がうなった。

「うんめぇ。これ、酒のアテに最高だな」

俺はたまらず、女将に「生ビールもう一丁！」と叫んだ。ぐびぐびぐびと、冷えたビールを喉に流し込む。隣にいる龍一の視線が痛いが、かまわずジョッキを傾けた。

母親に「今度これ家でも作ってよ」と言うと、「どて煮はなあ、結構手間がかかんのよ。作るの半日、食べるの五分で、料理人泣かせだでね。店で食べときゃいいら」と、難色を示した。しかし、俺はあきらめない。絶対家でも食べたい。

母親は皿を洗いながら「荒川くん、彼女と結婚するんだって?」と聞いた。

龍一は「そうなんですよ」と照れ笑いを浮かべている。

「こいつ、ブラジルの女の子にぞっこんで。早まったことしたもんだ」と横から言うと、「そんなこと言うもんじゃないよ」と母親が俺を叱る。

龍一は「三月に結婚式をあげて、四月から実家の畜産業を継ぐことになりました」と柄にもなく神妙な物言いである。

「ナタリアの奴、牛の背中にブラシをかけたりするの、すげえ上手なんだ。親父とお袋もびっくりしてなあ。聞けば、サンパウロ郊外に住んでいた時、近くの牧場の手伝いをしてたらしい」

「へえ、それはすごい」

「わたし牛さん大好き、牧草やったり牛舎の掃除もできますって言うんだ。目をきらきら輝かせて。親父もお袋もたちまち彼女を気に入ってさあ。すごい嫁が来たって、もう大喜びだ。春には子どもも生まれるしな。それで俺もいさぎよく、家業を継ぐことにしただ」

なるほど。人生、なるようになる。遊び人も、いよいよ年貢の納め時なのだった。

母親が聞いた。

「で、出産の予定日はいつなの？」

「はあ、五月です」

「そうかあ。それじゃあ、いま名前とか考えてるとこだな」

「うん。どうせだったらブラジル風の名前がいいかなって。ブラジル人の名前はカッコええぞ。レオナルドとか、ガブリエルとか、マテウスとかロドリゴとか」

「なんか、サッカーが強くなりそうな名前だな」

「女の子だったら、マリア、パメラ、カミラ、イザベラ、モニーク、マルシアとか」

「なんか、化粧映えする美女軍団って感じだな」

俺が「悪魔ちゃんなんていいんじゃないか？　お前の息子にぴったりじゃん」と言うと、横で聞いていた母親が大口をあけてがははと笑った。

ふと、昔から漠然とあった疑問をぶつけてみた。

「そもそも俺の名前ってさあ、何で五郎なんだよ？　長男なのに、おかしいだら、五郎なんて」

さっきまで笑っていた母親の顔に、スッと影がさした。

「どうせ何も考えないで、適当に名前つけとるだら？」

母親はしばらく黙っていたが、顔を上げて言った。

「五郎、あんたはまぎれもなく、あたしの五番目の子だ」

「え？」

　割烹着の紐を指でもてあそびながら、母親は一気にまくしたてた。

「私、お父さんと結婚してから、四回続けて流産したんよ。一郎、二郎、三郎、四郎はみんな私のお腹の中で死んじゃった。麻酔かけられて、お腹の中で死んだ子を掻き出す処置をするんだけど、麻酔がとけた時のみじめな気持ちといったら。涙も枯れ果てて。だから五回目に妊娠した時も、どうせまた流産するだけだ、無事に生まれてくるわけないって最初からあきらめてた。そしたら、三か月、四か月たっても流れる気配がないじゃないか。どうなってるんだ？　まさかそんなと、臨月になっても私は半信半疑だった。ところがどうだろう、とうとうあんたは生まれてきた。何事もなく、無事に、真っ赤な顔をして。奇跡のように生まれた子、それが五郎、あんたなんだよ」

　そうなんだ。不覚にも初めて知った。五番目に生き残った赤ん坊だから五郎か。

「俺って生命力強いんだな」と言うと、母親は「阿呆。生まれてくる子どもはみーんな生命力が強いんだよ。龍一くんの子どももね」と言って笑った。

　腹ごしらえも済んだところで、爺さんの車券を換金し、いよいよレースに繰り出すことにした。出走表には一緒に走る九人の選手の名前と年齢、登録地、前回の成績、賞金歴などが一覧表になって書いてある。競輪に詳しい奴なら選手ひとりひとりの過去のレース展開もびっしり頭の中に入っていて、慎重にレースを予測するのだろうが、ふだん競輪に来ない俺たちにはとっては、単なる気軽なお遊びの博打だ。

あてずっぽうな番号を選び、窓口のおばちゃんに千円札を差し出した。俺と龍一は、バンクの見えるスタンドに移動した。赤・黄・紫・緑・ピンク・オレンジ・水色・黒・白と色とりどりのジャージを着た選手たちが入場してきた。驚異的に太ももが太い選手がいる。普通の人間の二倍くらいあるんじゃないかと思う。

出場選手がバンクを軽めのスピードで走ってくる。これは「顔見せ」といい、どんなラインを形成するかアピールするのだ。ベルが鳴って車券の投票が締め切られると、四角い発走機に自転車の後輪が固定される。

やがて、号砲に合わせて自転車は一斉にスタートした。まずはペースメイカーの役割を果たす先頭員の後を、全員で走る。ゴールまで残り一周を切るとけたたましく鐘が鳴り、レースのピッチが上がった。最後の直線は時速七十キロの猛スピードで選手が一団となって走りぬける。速いスピードに、ぜんぜん目がついていかない。

気がつくと、龍一の姿が消えていた。あたりを見回すと、前方のバンクを隔てる金網のところに、動物園の猿のように張り付いている龍一の姿があった。「いけいけいけっ」と叫ぶ声が聞こえる。「まくれまくれっ」観客たちのだみ声がかぶさる。

色とりどりの自転車は一陣の風のように、あっという間にゴール・ラインを駆け抜けた。

「下手くそっ」「かえれっ」と野次が飛ぶ。選手の名前を叫び「お前はもう、かえれっ」と怒鳴っているオッサンがいる。その反面、隣のおっちゃんは歯の欠けた口を開いて、満面の笑みを浮かべている。

レース結果の掲示板を見た。予想はしていたが、俺のはまったくどうにもならない捨て券だ。龍一が階段を勢いよく駆け登ってきた。

「的中したっ」

「ええっ」

あてずっぽうに書いた三連単が、まぐれで見事的中したという。信じられない。

「いくら儲けた?」

「二万円だ。やったああ、千円が二万円。これは、いけるぞっ」

龍一の顔を見ると、細い目のまわりが異常に血走っている。

「よっしゃああ。次も勝つぞっ」

肩をいからせながら、龍一は車券投票所へ走っていった。投票終了のベルが鳴り、レース開始。それが何度か続き、結局、終わってみれば龍一が勝ったのは最初の一回目だけ。調子にのって金を投入したが、結局後は負け続け、もうけの二万円も泡と消えた。

「くっそー、何でこんなことになるだっ」

財布の中味はスッカラカン、手持ちの金をすべて失う大損だ。

俺は龍一の肩を叩いて、言葉をかけた。

「もう調子にのって儲けようとするんだから。勝ったとこでやめときゃよかったのに」

なぐさめるつもりで言ったこの言葉が、龍一の癇にさわったらしい。がばっと立ち上がっていきなり怒り出し「もとはといえば、ケイリンお前が誘ったんだろうが」とわめいた。そしてカバンを手にとると「もういい、俺は帰るっ」と後ろも振り返らず、ひとりでずんずん先に帰ってしまった。家まで送ってもらおうと思ってたのに、ひどい奴だ。

帰り際、屋台をのぞくと、どて煮の店はもうとっくに店じまいしていて、誰もいない。母親は仕事を終えて帰ってしまったのだろう。龍一の車に乗って来たから、帰る自転車もない。家までとぼとぼ歩いて帰るしかない。競輪場のゲートを出て、仕方なく夜の闇の中を歩きはじめた。

朝倉川は市街地を流れる浅い川なので、向こう岸へは飛び石づたいに簡単に渡ってしまえる。時おりひゅううと木枯らしが吹きつけ、遠くで犬が吠える。月明かりだけが頼りだ。

住宅街の中をあてずっぽうに歩いていくと、曲がり角に桃色のひさしをつけた飲み屋が浮かび上がった。〝スタンド秋桜〟という名前に見覚えがあった。船着き場の小屋にいつもここの店のマッチが転がっていたのだ。徳造爺さん行きつけの店なら、爺さんが倒れたことを伝えておいた方がいいような気がして、思いきってドアを開けた。

中をのぞくとカウンターだけの小さな店で、客は誰もいない。

「いらっしゃい」

ぱさぱさの長い髪を黄土色に染めたママさんが、カウンターの向こうで値踏みするように、こっちを見た。

「あら、若いお兄さん。めずらしいわね」

笑うと顔じゅうの皮膚に細かなしわが寄る。還暦ぐらいの年齢か。ハスキーな声だ。

軽く頭を下げた。

「船井さんと一緒に船頭やってる者です」と言いながら、カウンターの端に座る。冷えた身体を暖めようと、ふだんは飲まない熱燗を頼んだ。

ママさんはきんぴらごぼうのつきだしを置きながら「そうなの。船井さん、最近顔見ないけど、元気?」と聞いてきた。茶色に染まったごぼうを箸でつまんで、口に入れた。

「それがですね……」

言いよどんだ俺を見て、ママさんの顔にさっと陰が差す。

「船井さん、倒れたんですよ。脳出血で」

「ええっ、全然知らなかったわ、いつ?」

「一週間くらい前ですかね」

ママさんは一瞬呆然とした表情を浮かべていたが、すぐに我にかえり手元で燗徳利の準備をし始めた。

「そんな。惜しい人を亡くしたわね。苦労ばっかりの人生で……」

こらえきれず、カウンターの上にあった布巾で、あふれ出る涙をふいている。

「兵隊にかり出されてサイパンまで行ったのよね。玉砕から奇跡的に生き残ってやっと日本に帰ってきたら、家にはとっくに死亡通知が届いていて、奥さんは子どもを連れて再婚しちゃってるし。ふんだりけったりの人生よ」

「船井さん、そんな話、してたんですね」

「そうよ。酔っぱらって、よく自分の一生を語ってたわよ」

へえ、と思った。あの無口な徳造さんが。

「あのう」と俺は言った。

ママさんは涙で濡れた目で、こっちを見た。つけまつげが取れて、涙袋にひっかかっている。

「……まだ、死んでないんですけど」

驚いた彼女が、急に立ち上がる。手元に置かれたお猪口が、がたんと揺れた。

「なんだあ、それを早く言ってよお」

「ごめんなさい」

「あやまることじゃないわ。そう、命は助かったのね。よかった、よかった」

ママさんは布巾で目の周りをあわてて拭き、鼻をすすった。

「でも、右半身に麻痺が残ってしまって。脳も損傷受けたみたいで、俺のことも記憶にないみたいなんです」

「そうなの。じゃあ、私やこの店のこともすっかり忘れちゃってるわね」

「……たぶん」

泣き笑いの顔になったママさんは、燗徳利を親指と中指ではさみながら、カウンターごしに渡した。おでん鍋の中では、飴色になった大根やはんぺんから湯気がたっている。

「船井さんのこと、よく知ってるんですね」

「知ってるも何も、酔っぱらった時なんか、昔話をよく話してくれたわよ、ちょうどこの席で」

「そうなんですか」

「ああ見えて、徳造さん、若い頃は女の子にもてたみたいなのよ。まあ、自分で言ってるだけだから、真相はわかんないんだけどね」

ママさんはふくみ笑いをした。

「昔の青年は二十歳で徴兵検査を受けて、健康だと認められたら軍隊に入るでしょう。入隊の前の晩に幼なじみの女の子が訪ねてきて、まあ、そういうことになったみたい」

「どこで知りあったんでしょうねえ」

「さあね、下条の人だとは言ってたけど」

「下条ですか。俺と同じだ」

「戦争中の恋人たちって、今と違ってせっぱつまってたのよね。いつ離れ離れになるかもわかんないし。そう思ったら必死に一緒になろうとするわよね」

「へえ、なかなかやるな。爺さん」

　俺は何だか、わが事のように嬉しくなって、しきりにお猪口を傾けた。

「徳造さん、耳が半分聞こえないでしょう?」

「えっ」

「初年兵時代に生意気だって軍曹からさんざん殴られて、とうとう左耳の鼓膜が破れてしまったんですって。ひどいことするわね、軍隊って」

　声をかけてもいつも無視しやがって、けったくそ悪いジジイだと思い込んでいた。左耳がまったく聞こえていなかったなんて。声がやたら大きいのと、船呼び板の鳴る音に集中しろと、うるさいくらい言っていたのは、そのせいだったのか。

「兵隊は人間じゃなくて、馬以下の扱いだったって。軍隊の中の順位は、将校、下士官、馬、兵隊と言われるくらいで、兵隊と靴下は消耗品なんだって。態度がなってないと言っては殴られ、上官の虫の居所が悪いと言っては殴られる。殴られた後はすぐに立ち上がって背筋を伸ばし、自分が悪くありました、ありがとうございましたって言わなきゃならなかったって」

俺は、正露丸をいっぱい貼り付けたような黒いシミの目立つ、徳造爺さんの横顔を思った。爺さんはその頬を、数えきれないくらい張り倒されてきたのだ。

「軍隊に入ってすぐ、満州の北方の警備に派遣されたそうよ。その時のことは、徳造さん、あまり話したがらなかったわね」

「そうですか」

「入隊した翌年、その女の子……テルさんに男の子が生まれたのよ。周りは驚いたらしいけど、船頭さんの一家はテルさんを嫁としてあたたかく迎えたそうよ」

「やることは早かったんですね」

「一時帰国した数日だけ、よちよち歩きの我が子と会うことができたんですって。嬉しかったでしょうねえ」

それが哲男の父親なんだなと、俺は思った。

「太平洋戦争が始まって、アメリカから太平洋の島々を守るために、徳造さんの部隊は満州からマリアナ諸島へ送られたのよ」

「北の大陸から南の島に。環境が激変ですね」

「船の中で軍服の支給があったんだけど、これが半袖だったので、その時はじめて自分たちが南方へ送られるんだと分かったそうよ」

「軍隊の行動って徹底的に秘密なんですねえ」

「そうね。自分たちの運命がかかってるのにねえ」と言いながら、ママさんは玉子とちくわを盛り合わせた皿をカウンターに置いた。ほんのり湯気がたっている。

「徳造さんの部隊は釜山から広島の宇品港へ寄港して、家族に会うことなくそのままマリアナ諸島へ送られた。ところが乗っていた輸送船が、米軍の攻撃を受けて沈没してしまったの。四千人の乗船者のうち、半分近くの人が海で死んでしまったそうよ」

「大惨事ですね」

「徳造さんは手製のいかだに乗って海を漂い、夜明けになって駆逐艦に救助されたんですって」

「幸運ですね。それって船頭としての経験が役にたったたんですかね」

「たぶんそう思う。生き残っただけで幸運よね」

俺は深い溜息をついた。そして重油にまみれ、一晩中夜の海を漂う爺さんの気持ちを思った。

「でも、ここからが本当の地獄の始まりだったの。ほとんど丸裸で救助された兵隊たちはサイパンに送られ、日本本土防衛の最後の陣地として、島の死守を命じられた」

ここでようやく、サイパンが出てくるのか。

「サイパンはすぐにアメリカ軍の攻撃にさらされたの。徳造さんの部隊にも玉砕命令が出た。死を覚悟して突撃したんだけど、太ももを撃ち抜かれてジャングルで気絶していたんですって」

鬱蒼としたヤシの木と羊歯《しだ》の群生とブーゲンビリア、極彩色の鳥と蝶がまぶたの裏に浮かんだ。

「ジャングルをさまよい、敗残兵と合流した徳造さんは、山の奥深くで耐久生活を送ることになった。食糧の補給なんてない、完全な窮乏生活。カエルやミミズを食べ、雨水をすすって飢えと戦う生活を一年も続け、八月十五日を知らないまま、仲間とジャングルに立てこもり続けたのよ」

「そういう兵隊がいましたよね、確かグアム島で」

「そうそう、横井庄一さん。名古屋の人よね」

「何年ジャングルで隠れ住んでいたんでしたっけ？」

「うーん。二十八年だったかな。生きて虜囚の辱めを受けず……。日本軍は捕虜になるのを許さなかった。捕虜は生き恥と言われ、家族どころか村全体の面汚し、国賊非国民のレッテルを貼られて村八分になったのよ」

「ひどいなあ」

「でも、唯一上官の命令があったら降伏できるのよ。サイパンの場合は、何らかの方法で上官の命令書が届いたらしいわ。それで山を下りることにしたんだって。昭和二十年十二月のことだったそうよ」

「敗戦から四か月もがんばってたんですね。早く降参すりゃ良かったのに」

「一方、豊橋では玉音放送が流れてから数日後に、徳造さんの戦死公報が届いたの。そこには、昭和十九年九月マリアナ周辺で戦死とだけ書かれていた。箱の中には、どこのものか分からない白い砂が入っていただけだったって。馬鹿にしてるわよね」

「それだけじゃ、とても信じられないですよね」

「そうよ。両親もテルさんも徳造さんの死を信じられなかったんだけど、豊橋の若者はだいたい皆同じ戦地へ行っているから、そのうち近所でも次々と葬式があがりはじめた。とうとうあきらめて、船井家では簡単な葬儀をあげたんだって」

「まあ、当時としては仕方なかったんですかねえ」

「船井の両親のすすめもあって、テルさんは幼い息子を連れて下地の材木問屋の男と再婚したのよ。生きていくためにね」

　ふーっと酒臭い息を吐く。すっかり酔いもさめてしまった。聞いているだけで目がくらむような話だ。

「会いに行きたかったでしょうね。下地と牛川じゃ、そんなに距離も離れていないわけだし。会いに行こうと思ったら、いつでも行けたと思う」

「でも、……行かなかったんですね。たぶん一度も」

「せつなかったでしょうね。同じ女として、テルさんの気持ちを考えると何ともいえない気持ちになるわ」

「材木屋の旦那は十年前に亡くなったそうだから、会いに行っても良かったでしょうにね」

「うーん、せつないですね」

　結局、ママさんの話を聞きながら、スタンド秋桜には深夜の一時までいた。冬の夜道を歩きながら考えた。これは俺じゃなくて、絶対に哲男が聞くべき話だ。次回は哲男を誘って、ここへ飲みに来ようと思った。


　その夜、こんな夢を見た。

　俺は、収穫前の麦畑を見下ろす農道に立っている。照りつける太陽がまぶしい。作業の手をとめ、鎌を握ったまま、年老いた農婦が畑の中から歩いてくる。

　戦友のおっかさんだ。

「あの子のことを忘れる日は、一日もないだに」

　おっかさんは手拭いで額の汗をぬぐう。その手には、細かいシワが縦横に入っている。

「風が吹いて玄関の戸ががたがた鳴る夜には、おっかさんと呼ぶ声がする。ふいにあの子が帰ってきたかと、目をさますだ」

おっかさんのもんぺの膝のあたりは、泥で汚れている。

「マリアナと聞いたが、あの子がどこでどうやって死んだかもわからん。あんた、知っとるか。知っとったら教えてくれ」

俺はうつむいて、言葉を絞り出した。

「あいつとは途中で、はぐれてしまって。消息は分からずじまいでした。……すんません」

「一生懸命帰ろうとしただら。可哀想になあ。どうしようもなかったずらか」

ほおかむりの下から、かすれるような声が漏れた。

「うちの子が死んで、あんたが生きとる理由は何ね？」

近所の人も集まってきて、俺に詰め寄る。

「部隊は玉砕したんだろ。何であんただけ、生きて帰ってきただ？」

俺は何も言えず、ただうつむくだけだった。畑のあぜ道で、おっかさんの言葉が響く。

「息子が死んで、あんたが生きとる理由は何ね？」


早朝の朝七時。豊川の上空は今日も晴天で、絵の具で塗ったような青い空だ。鴨たちは水の上で真ん丸くなって浮かんでいる。いまだ眠りの世界にいるのだ。茶色い羽毛が朝日を浴びて、時おりブルッと震える。

ロープのついたバケツを川にいれ、透明な川の水を汲む。その水を船着き場のコンクリートの上にぶちまける。デッキブラシを使ってごしごし磨く。泥がこびりついているのをきれいに落とす。

船着き場横のエノキの木の上には、緑のボールがいくつも乗っかっている。やどり木だ。冬の進行とともにどんどん球形が大きくふくらんでくるやどり木は、ナタリアのお腹の形に似ている。いつの間にか、やどり木の下を歩く時は、心の中で願をかけるのが習慣になった。神棚に水を捧げたり、パンパンと柏手を打つのと同じ感覚だ。今日もちぎり丸が安全運航できますように、よろしくお願いします、と。

カーンと冬の冷気を切り裂いて、船呼び板が鳴り響いた。

「おーい、高津」

振り向くと、作業小屋の横に、黒いコートを着て背中を丸めた小柳津課長が立っていた。

「何ですか？」

デッキブラシを横に置き、課長の所へ歩いていった。

「喜べ！　渡しの廃止はなくなったぞ」

良いニュースのわりには、課長の顔が笑っていない。無表情の地蔵顔のまま、課長はさらに言葉を続けた。

「存続はするが、民間委託になる」

「え、何ですか？」

「民間委託だ。牛川の渡しの業務は、民間の会社に移されることに決まった」

課長は険しい表情のまま、言葉を続けた。

「俺も今年で定年だ。だからな、俺の代では絶対に渡しを廃止したくはなかった。お偉いさん相手にねばってねばって存続を主張した。だけどな、経費節減を求める市の幹部連中はそれでは納得しない。それで、存続する代わりの条件が、業務委託だ。残念ながら、牛川の渡しの業務は民間の会社に移されることになった」

「え、それじゃあ俺、いやワタクシの仕事は？」

「船頭業務はもうなくなった。高津、お前は市役所に戻れ」

「戻れといわれても、俺はもともとここですが」

「あ、いや失礼。そうだったな。これでお前も晴れて、市役所勤務だ。ご両親も喜ぶだろう」

「……」

「おめでとう、高津くん」

頭をがつん、と殴られた気分だった。

その日家に帰って今日のことを話すと、おっかあは沢庵をつける作業の真最中だったが、大根を両手に持ったまま満面の笑みを浮かべた。

「おめでとう。良かったじゃん、あんた、市役所勤務になれて」

九時から五時まで、市役所庁舎の自分の机に座り続けて地味に仕事をする公務員。確かに、自分はそれをずっと望んできた。

「一年間、慣れない仕事をよくがんばったわ。実を言うと、あんたが船頭の仕事を投げ出さないかって、ハラハラしてたんだ。このタイミングで市役所勤務に戻れて本当によかった」

「……」

「晴れてホワイトカラーになったお祝いに、万年筆でもプレゼントしてあげよっか」

母親はまたこんな台詞を言って、俺を甘やかす。俺の心の中には、おめでたい気持ちなんて、これっぽっちもないというのに。

三月になった。河畔林の木々の葉擦れの音、竹林の竹がお互いを打ちあう音。そんな音に混じって、ヒヨドリやムクドリが盛んに呼びあう声がする。ボッボーと間延びするように鳴く鳩の声も目立つ。春が近いせいか、野鳥たちが活発に動き出しているようだ。

たまに遠くでケーンという声が響く。あれは近くの畑に来る雉《きじ》の夫婦だと、徳造爺さんが教えてくれたっけ。雉は用心深くてなかなか姿を見せない。特に頭が真っ赤な雄は警戒心が強く、めったに姿は拝めない。が、この一年で雉の姿を何度か目撃した。雉の雄は、人間に見つかった瞬間、雌を先に逃がすようにする。鮮やかな羽根の色で外敵を惹きつけながら、雌を先に逃がしてやるのだという。心憎い紳士ぶりだ。今日も畑の中で深緑色の羽根が太陽にきらりと光るのを見た。きれいで、思わず見惚れてしまう。

役所の三月は年度末で何かとあわただしい。そのうえ今年は牛川の渡しが市営から民間に業務委託されるということで、俺の尻も落ち着かない。渡しの運航は、穂の国興業という民間会社が請負うことになった。入札も何もなく、ただ小柳津課長が個人的に自分の知り合いの会社に話をして取りつけてきたらしい。

今朝の新聞折り込み広告に、穂の国興業の求人を見つけた。やはり「船頭募集」とある。その文字を見た瞬間、足元にすっぽりと黒い穴が空いて、地面の下を深く真っ逆さまに落ちていくような感覚に陥った。

うなだれて、しょぼくれて、ただ役所の机の前に座っているだけの俺。この場所は俺に似つかわしくない。俺のいるべき場所じゃない。そう確信した。

その日、家に帰って、ずっと考えていたことを両親に宣言した。公務員をやめる、穂の国興業に入って、牛川の船頭を続ける、と。

その言葉を聞いた瞬間の、母親の顔は凄まじかった。

「公務員をやめるって。あんた、よくもそんなことが言えたもんだね」

目をカッと見開き、髪の毛は逆立ち、まるで普門寺の不動明王そっくりの形相だった。

「冗談じゃないっ。あんたを市役所職員に採用してもらうのに、うちらがどんなに苦労したと思ってんの」と吠えた。

「お父さん、小柳津課長に菓子折り持ってお願いに行ったんよ。料理屋での接待もしたんよ。あの課長、毎回、地元で有名な老舗の寿司屋や鰻屋を指定してきたんだってよ。接待攻めで、ようやくあんたを採用してもらったんよ」

「……」

「三回まわってワンまでしたのに。許せんっ」

「えっ、本当にしたんか？　三回まわってワンを、小柳津課長の前で？」

「ほうよ。愛知県庁で課長やってるお父さんが、たかだか豊橋市役所の課長を相手にやったんよ。三回まわってワン！」

隣に座って聞いていた父親が、ぼそっと口をひらいた。

「たいしたことやない。三回まわってワンなんて。裸踊りより、ましだに」

「えっ、もしかして……裸踊りもしたの？」

俺の問いに、父親はゆっくりうなづいた。

あきれた。そこまでやるか。しかし、よくよく聞いてみると、小柳津課長と父親は意気投合し、二人で仲良く酔っぱらって服を脱ぎ、一緒に裸踊りをやったらしい。それも、旧東海道沿いの老舗の鰻屋のお座敷で。想像しただけで、おそろしい。

「なっ、分かっただら、五郎。あんたを公務員にするために、お父さんはどんなに苦労を重ねたか。市役所辞めるなんて、口が裂けても言っちゃならん。絶対に許さんでね」

「……」

「学歴もない、手に職もない。何の資格も持ってないあんたが、せっかくなった公務員をやめてどうすんの。公務員やめたら、この先、ぜったい生きていけんからねっ」

母親はさらに呪いの言葉を、洞穴のような口を開けてむにゃむにゃとつぶやいた。

「こうむいん、こうむいん。公務員にしがみついて生きるしかないんだ。五郎、それがあんたの運命だら」

テーブルの椅子を蹴散らして、俺は自分の部屋へと逃げ込んだ。

一生に一度くらい、運命に逆らって生きてみたいと思う。でも、どうやって?

俺は容量の少ない脳味噌をフル動員して考えた。公務員をやめさせられるのは、どういうケースか。

考えた末に、翌日の勤務時間中、土木監理課のスチール棚を開け、誰も見ていないのを確認して、セロテープの束とボールペン二ダースと消しゴム三十個をカバンに入れた。異様なふくらみのあるカバンを胸に抱え、俺は足早に市役所を後にした。

翌朝は腹が痛いと言って、寝床から起きなかった。寝室をのぞいた母親が「役所に連絡せんでええだかん？」と怒鳴ったが、布団を頭からかぶって無視した。かまうもんか。男二十三歳、覚悟の無断欠勤だ。ストライキだ。

市役所を休んで三日目の夕方、ついに小柳津課長から自宅に電話がかかってきた。叱責されると覚悟したが、意外にも電話口の声はおだやかだった。

「無断欠勤とは、なかなか勇気あるのん。三日連続で船頭するの、定年前の年寄りには結構きつかったで」

「はあ」

「お母さんによると腹が痛いということだが。……なんか、幼稚園児みたいやな」

「はあ」

「明日は来れるか？」

「はあ、分かりません」

「どうした。はっきりせん男やな」

電話口で、俺は黙りこくっていた。

「なんか知らんけど、最近、役所の備品が消えとるだ。セロテープとボールペンと消しゴム。高津、おまえ知らんか？」

　三月だというのに、脇の下をツーッと汗が流れる。意を決して、声をあげた。

「わ、ワタクシが横領しました。せ、責任とって役所を辞めます。課長、懲戒免職してくださいっ」

　一瞬の沈黙の後、電話口から大きな笑い声が響いた。

「やっぱり、そうか。最近、何か変だと思っとったんだ。無断欠勤が続くし、備品はなくなるし。高津、おまえ本当に小物やのう。文房具がちょこっと消えただけでは、横領罪なんかにならんわ」

　さらに笑いを噛み殺しながら課長は「高津、おまえの思考回路、ほんに、しょぼいのう。肝の小さいのは、父親ゆずりだわ」と言い放った。

　がっくりきた。それと共に、緊張がゆるゆると緩み、受話器を持ったまましゃがみこんでしまった。廊下に膝をついて、うつむいたまま言った。

「どうすれば、いいんです？　俺、役所を辞めたいんです」

「辞めたらいいだら。それが自分の意思なら」

「分かりました。役所辞めます」

「そいで、やめて、どうするだん？」

「俺、このまま船頭やりたいんですよ。だから市役所やめて、穂の国興業に入社します」

　ついに、言ってしまった。後悔はない。

「そうか、転職ちゅうわけやな」

課長の声は、意外に冷静だった。

「そんなことだろうと思っとった。ただ、三月三十一日までは、高津は公務員船頭だ。明日はちゃんと出てこい。最後まで自分の仕事には責任もてよ」

「はい、わかりました」

「それと一応伝えておくが……」と、課長は続けた。

「穂の国興業の船頭の求人な、さっそく応募があったらしい。しっかりしてて、頼りになりそうな青年だそうだ。急いだ方がええぞ」

がちゃんと乱暴な音がして、電話は切れた。


翌朝はいつもより早く起きて、牛川の渡しに出勤した。豊川沿いの提にはタンポポの間に、いつのまにか大量のつくしが頭を出している。吉田城の石垣の間にはスミレの花が宝石のように咲いている。今年の春は駆け足だ。

肩にかけたリュックの中には、「牛川の渡しウォーキングマップ」のファイルが入っていた。

無断欠勤の三日間、俺はただふてくされて寝てたわけじゃない。自分の部屋にこもり、牛川の渡しを起点としたマップを作っていたのだ。秋にテレビに出て一時的に観光客が増えた時、「渡し船に乗って行った先には何もない。上陸しないで戻ってくるだけじゃ何だか物足りない」という乗客の声に応えようと思ったのだ。

幸い、漫画家の助手をしていた経験で、簡単なイラストを描くのは慣れている。牛川の渡しを出発点として豊川右岸から吉田大橋を渡って、吉田城から金色島を眺め、朝倉川にかかる小さな橋を渡って豊川左岸の遊歩道を歩く約六キロのウォーキングコースをマップに仕上げた。

歩く時間はだいたい一時間半。時間に余裕のある人は、吉田城を見学してもいいし、市役所最上階まで上り、鳥の目線で蛇行する豊川のパノラマを楽しむのもいい。吉田大橋の上から川とお城を浮世絵気分で眺めるのもいいし、霞提まで足をのばしてみるのもいい。ほぼ信号のないコースだから、家族連れや親子で歩いても安心だ。余白には菅笠をかぶった船頭のイラストを描き「船頭さんおすすめコース」と吹き出しを入れた。

通勤途中のコンビニでとりあえず五十枚コピーして、ちぎり丸船底の収納庫に保管した。これで観光客が来ても、いつでも手渡せる。

定刻になると船着き場に、いつものように吉川先生と空缶集めの浜やんがやって来た。

「五郎くん、久しぶりぃ」

吉川先生がニコニコしている。

「最近姿みないから、みんなで心配してたんだよ」

「仏頂面した課長さんが船頭だと、何か調子狂うわ。船頭はやっぱり五郎くんじゃないといかん」と、浜やんも目を細める。

「ご心配をおかけしましたが、もう大丈夫です」

「何や、変にあらたまって。仕事やめるみたいやな」

「この四月一日から、牛川の渡しは民間委託されるんですよ。五郎くんは市の職員だから、ここから撤退して市役所に戻るんですよ」と、吉川先生が浜やんに説明する。

ゆっくり船を寄せながら、俺はふたりに宣言した。

「俺、役所やめることにしました。民間委託した会社に入って船頭続けます。これまでと何も変わりませんよ」

ええーっと驚いた顔が二つ並んだ。

「それは、まあ、えらい思いきったことしたな」と、浜やん。吉川先生も目を丸くしている。

「でもよかった。また毎日、五郎くんのちぎり丸に乗れるんだな」

マツ婆さんやホームレス村の河辺さん、女子高生たち。ちぎり丸の常連客はみんな俺の復帰を歓迎してくれた。だが、いまだ歓迎してくれない人がひとりいる。

昼休み、小屋の外の石段に座って、いつものように肉味噌入りのおにぎりにパクつく。野沢菜でおにぎり全体をくるんだ爆弾おにぎりもある。俺が転職を口にして以来、おっかあとは冷戦状態だ。

口をきいてくれなくても、朝、食卓の上には、いつものようにおにぎりの入った巾着と水筒が用意されている。

三つ目の山菜佃煮おにぎりにパクついていると、にぎやかな子どもの声が近づいてきた。先生に引率されて、近所の幼稚園の子どもたちがつくしとりにやって来ていた。若草色の斜面を、ピンクや水色のスモック姿の園児たちがころころと動き回っている。その中に、黒のサンバイザーに頭全体をスカーフで覆った年配の保母もいる。彼女は園児の世話そっちのけで、つくしとりに集中していた。腰ベルトに下げた藁細工のカゴからは、大量のつくしが頭をのぞかせている。

耳障りな爆音が響いて、趣味の悪いアメ車が駐車場に入ってきた。車の勢いに驚いた保母さんたちが、とっさに子どもたちをかばう仕草をする。

運転席から下りてきた龍一は、カーキ色のジャケットにベレー帽、編み上げブーツ姿だった。

「おまえ、まだ戦争バトル場に通ってんのか？　もうすぐ子どもが生まれるっていうのに」

龍一はにやにや笑いを浮かべている。

「まあ、いいじゃん。いいじゃん。実はサバゲー通いは嫁はんの手前、今日を限りにしばらく自粛しようと思ってな」

「ふうん、お前にしては珍しい。心境の変化か？」

「家にいっぱいあった戦艦や戦闘機のプラモデルな、残念なことにぜーんぶナタリアの命令で武装解除させられた」

「ほー」

「戦争だめです。いけません。生まれてくる赤ちゃんに、こんなもの見せられないってな。子どもができると、女は強いわ」

「そうか」

「戦艦大和に武蔵、ソロモン海戦で沈んだ霧島と比叡。長門と陸奥。呉の空襲で沈んだ日向。どれも立派な戦艦だったのに惜しいことをした。戦闘機は日本軍の零式艦上戦闘機、いわゆるゼロ戦が三十機もあった。航空自衛隊のファントム、米軍のトムキャット、Ｆ１５イーグル、ナチスドイツの巨大飛行船ヒンデンブルク。ぜーんぶ、あっけなく、ナタリアの手でゴミ袋の中に吸い込まれていったわ」

「なんか、時代と国がごちゃまぜだな」

「だから今日は、荒川龍一の独身最後を飾る記念バトルと思って、新品のふんどしを締めて来た」

「あ、はいはい、勝手にやってくださいな」

　あきれかえって龍一の方を見ると、当の本人は俺の言葉を無視し、傍らのおばさんにぺこぺこ頭を下げている。おばさんが黒いサングラスを取ると、目尻にシワの目立つ、見慣れた顔がのぞいた。

「おっかあ。な、何でここに」

「何でって、つくし取りに決まってんじゃない。つくしを煮た卵とじ、あんたの好物じゃん。大量のはかまを取るのが、どんだけ大変か……」

「それより、何でそんな変装しとる？　変じゃん」

「変装じゃなくて、これは日除け対策。春先は、紫外線がいちばん多いだに」

「……」

　あっけにとられている俺に、母親の怒声が飛んだ。

「三日間ずる休みしたと思ったら、今朝は早くから出ていったでしょ。役所に辞職願を出しに行くんじゃないかと気が気じゃなくって」

　間髪をいれずに、俺は言った。

「課長には、もう辞めるって言った。民間委託の会社に入って船頭を続ける」

　落胆した母親は「あああ」と、その場にがっくり膝をついた。龍一が駆け寄る。

「五郎おまえ、公務員やめるんか?」

「ああ、もう決めた」

「でも、辞表はまだ出してないんでしょ。やめなさい。一生後悔する」と、母親は悲壮な声を出す。

「ここで踏みとどまりなさい。親の言うこと聞いてたら大丈夫なんだから」

　頭にカッと血がのぼる。思わず叫んだ。

「幼稚園児じゃないっ」

つくし取りの園児たちが、俺の言葉にふりかえる。小さな顔が恐怖で歪んでいる。ふえーっと泣き出す子どももいる。

「もう子どもじゃないんだ。俺の将来に口出すなよ」

「まあまあ……」と、龍一が大きな図体で間に割って入った。

「お母さん、聞いてください。俺は牛飼いになるのがいやでした」

「はあ？」

「急に何だよ」

「牛は毎日山のような牧草を食べて、でっかいウンコをぶりぶり出して、そのにおいは強烈で、牛舎のまわりを蝿はぶんぶん飛び回るし、鳴き声はモーモーうるさいし。だから、子どもの頃から牛飼いの仕事が嫌でした」

「はあ」

「でも、何をやってもダメだった五郎が船頭の仕事を楽しそうにやってるのを見て、一生懸命仕事するのもいいんじゃないかと思いました。もちろん、嫁はんと子どものために働かなきゃと思ったのも事実ですけどね」

「それで？」

「お母さん、俺は高校一年の頃からずっと五郎のこと見てます。体育祭でいじめられてたこいつを弁護してやったし、ぜんぜん手をつけてなかった夏休みの宿題も、クラス一の優等生のを写させてやりました」

「え？」

「体育館の裏で隠れて煙草吸ってた時に先生に見つかって逃げる時なんか、足の遅いこいつをどうやって逃げさせるか、いつも苦労したもんです」

母親の表情がみるみる変わっていく。地雷を秘めたおそろしい表情で、母親は言った。

「荒川くんねえ。一体、何が言いたいの？」

俺も言った。

「そんなこと、ここで暴露せんでも。何なんだよ一体」

「何をやってもダメだった奴が、俺よりダメ人間の五郎が、船頭の仕事をこんなに楽しそうにやっている。それ見て、悔しいと思ったんです。こんなヘタレでもちゃんと仕事してるって」

母親は目を閉じて黙って聞いている。やばい。地雷は爆発寸前だ。

「荒川くん」

「はい」

「さっきから黙って聞いてたら、人の息子をそこまでけなさんでもいいんじゃないの？　何よ、ダメ人間とかヘタレとか」

　母親は眉間にシワを寄せて、龍一をにらんでいる。

「あ、すいません。つい口がすべってしまって。でも五郎は牛川の渡しの船頭になって、こんなに活き活きと働いているじゃないですか。これってすごいことですよ。ラクな公務員やめてまで船頭続けようって言うんだから、見上げた根性ですよ。プラモデル製作会社、漫画家アシスタントに声優。これまで五郎がひとつの仕事にがんばったことってありましたか？」

　母親は力なく首をふった。

「ねっ、なかったでしょう？　そんな男が船頭を続ける決心をした。すごいことですよ。認めてあげましょうよ」

　ひと呼吸おいて、母親がようやく口をひらいた。

「あんたなあ、ふつう辞表を出す時っていうのは、次の転職先が決まってから出すもんよ。ここの船頭になれなかったら、あんたこの先どうすんの？」

「お母さん、それは大丈夫です」と横で聞いていた龍一が、胸を張った。

「もしも五郎くんが再就職に失敗して、路頭に迷った時は任せてくださいっ」

　分厚い胸をぶんと張って、龍一は宣言した。

「五郎はうちの牛舎で働かせますから！」

荒川家の牛舎でこき使われるのは勘弁だ。俺は翌日、取っておいた求人チラシを見て電話をかけ、穂の国興業の面接に出かけた。

会社は豊橋の街なかの古い商店街のなかにあった。色のあせた波板に覆われた年代ものの社屋で、掲げられている表の看板も小さい。入り口の戸を開けると、受付のおばさんに用件を伝えた。

「この部屋へどうぞ」

ノックをして「失礼します」と応接室に入って顔をあげると、目の前に小柳津課長のはげ頭があったので驚いた。

「か、課長が何でここに！」

小柳津課長はにやにや笑いを浮かべながら、垂れ目を極限まで垂れさせている。

「俺、今年で市役所定年だら。四月からの再就職先がここなんだわ、穂の国興業」

差し出された名刺を見ると「専務」と書いてある。

「なっ、俺って偉くなっただら。万年課長だったのが、専務だぞ、専務。四月から、お前の上司だ」

はーあ。しゅるしゅると炭酸の泡が抜けるように、気がぬけていく。

「それって、つまり……天下りってことですか？」

「まあ、そうとも言う。はっはっはっ」と、課長は悪びれるそぶりもない。

新しい職場だと気負って来たが、これじゃあ、これまでと何も変わらないじゃないか。

「高津くん、君に先輩の船頭さんを紹介する」

ま、まさか、徳造爺さんが復活……？

小柳津課長の後ろから現われたのは、何と哲男だった。照れたようなうすら笑いを浮かべている。

「俺、自動車部品工場やめた。職場の雰囲気が悪くてな。いつか辞めよう辞めようと思っとったから良い機会だ。俺もこれからお前と交代で船頭やるで、よろしくな」

えっえっえーっ。俺は、今日二度目の驚きの声をあげた。

「何で哲男が先輩なんですか？　どう考えても、一年経験のある俺の方が先輩でしょう？」

「いや。求人の応募は、哲男くんの方が一週間早かった。だから先輩だ」

「そんなの、ありですか？」

俺は呆然とした。それにいつも生意気な口をきいているが、実は哲男は俺よりひとつ年下なのだ。

小柳津課長はこともなげに言った。

「高津、お前が無断欠勤しとる間にな、実は哲男くんに来てもらって、ちぎり丸の船頭やってもらっとったんだ。操船の技術はバッチリだったで。誰かさんと違って、飲み込みがいいんだな」

「お前、いつの間に……。隠れて練習しとったんか？」

「いいや」

「そしたら、なんで?」

哲男はにやりと笑って、俺の顔を見た。

「そりゃ出来るわ。毎日毎日、徳造さんの動きを目の前で見とったからな。鈍くさいお前と一緒にせんで」

ガーン。

俺の一年間って、一体何だったんだあーっ。

心の中で寂しいオオカミの遠吠えが響いた。


四月、渡し場に再び春がめぐってきた。俺は穂の国興業の社員になったが、変わらず牛川の渡しにいる。

ポニーテール、ゲラ子、ぽっちゃりの女子高生三人組は涙ながらに卒業していったが、新たに入学してきた一年生の子たちが自転車通学の仲間に加わった。その高校生の中に、真新しい制服を着た和香の姿もあった。紺のブレザーをぱりっと着こなし、チェックのスカートの下から、すらりとした足がまっすぐのびている。大人っぽくなったなと思う。

「最初からスカート短かすぎないか?」と声をかけると「何よ、補導の先生みたいに」とにらまれた。

「最近はこれくらい短いのが流行りなんだから」と、照れくさそうに笑う。

船を下りる時、和香が言葉をかけてきた。

「私、いま小説書いてるんだ」

「へえ、今度読ませてよ」

「うん、いいよ。すごく変てこな小説、きっと船頭さんしか読まないと思うから」

和香がいたずらっぽく笑うと、短く切り揃えられた前髪が風に揺れ、きれいな形のおでこがのぞいた。桜とタンポポと女子高生は、春の最高の取り合わせだ。

通勤通学の客が去った後は、リュックを背負った熟年主婦たちがやってきた。春の訪れとともに、渡し船に乗ることだけが目的の観光客も増えてきている。

「船頭さん、悪いけど、向こう岸まで行ってすぐに戻ってきてもらってもいいかしら」と、声をかけられた。

「はい、いいですよ。どうぞ」と言いながら、愛想良く船を寄せる。

平成の時代に棹だけで動く渡し船はめずらしいのか、主婦たちは周囲をキョロキョロ見回している。俺は棹をさしながら、すこし解説をする。

「承和二年、八三五年。平安時代からずーっと続く渡し船です。渡し船は道路の扱いで、市道牛川町・大村町二四四号線というのが正式な名称なんです」

「ふーん。向こう岸には、何もないんですね」

「そんなことないですよ。川べりを軽く散歩するのはどうですか?」と言いながら、船底の収納扉を開けてウォーキングマップを配った。

俺の作ったマップは好評で、すぐに増刷した。これからの季節はウォーキングに最適だから、マップを見ながら豊川べりを散策する人も増えるだろう。

気温が上がるにつれて、豊川べりではカヌーやボートに乗って遊ぶ人も増えてきた。

俺は哲男と相談して、廃材を使い、船着き場の玄関口に小さな棚を設けた。夏に川で泳ぐ子どもたちが着替えを置いておける場所だ。この場所では誰でも自由に川で泳ぐことができる。船頭が監視員だ。

堤防の斜面では小さな子どもたちが、ダンボールを使ってのそり遊びに歓声をあげている。小さい子も大事そうにダンボールの板をかかえ、斜面を行ったり来たりしている。

大村側では、今日も少年たちが釣り糸を垂れている。次々とボラが釣れ、レモンイエローの魚腹が光に反射してまぶしく光る。護岸に集まった少年たちは靴を脱いで川に降り、大声で叫びながら水のかけあいっこをしている。

「なつかしいなあ。昔、俺らもここでよう遊んだもんだ」

いつのまにか小柳津課長、いや小柳津専務が来ていて、俺たちの後ろでひとりつぶやいている。

「昔は乱暴な先輩がおってな。いきなり川に放りこまれるんだ。水の中でもがいているうちに、いつのまにか泳げるようになった。あの頃は、みんな年上の子が年下の子に泳ぎ方を教えたもんだ」

昼下がり、船着き場の駐車場に、車椅子マークをつけた車がやってきて停車した。運転席のドアから哲男が現われる。哲男の母親もつきそっている。車椅子に乗っているのは徳造爺さんだ。

「お爺さん、本当はゆっくりでも歩けるんだけど、遠出するのは車椅子の方が便利だから」と、哲男の母親が笑う。

車椅子の上の徳造爺さんは相変わらず、ぼんやりとした草食動物の目のままだ。そのうつろな目のままで、川の流れと遊ぶ子どもたちの姿を見つめている。

車椅子のストッパーを押しながら、哲男の母親が言った。

「記憶は戻らないままなんですけどねえ。それでもねえ、周りの人のこと、誰なのか分からないけれど、自分にとって親しい人であるということだけは分かるみたいなんですよ」

言葉は交わせないけれど、自分にとって身近な人、親しい人がそばにいる。徳造爺さんはそれだけで十分幸せなんじゃないかと、俺は思う。

最近、哲男が川底から陶器のかけらを引き上げた。乾かしてボンドで貼り合わせると、墨字で〝下地〟と書かれた大きな酒とっくりであることが分かった。渡し場の入り口に針金で固定して展示しておき、「豊川の川底から引き上げました。どなたか由来を知りませんか？」と手書きの札をつけておくと、じきに近所の年寄りから証言があった。

「こりゃ、下地の酒屋のとっくりだら」

「なつかしいのん。昔はこういう酒とっくり持って、お遣いにやらされたもんだで」

「一升瓶でもガラス瓶でも何でも大事に繰り返し使ってのう。わしらエコだったでのん」

酒屋のとっくりを囲んで、老人たちのおしゃべりは尽きなかった。

翌日、俺は図書館に行って、戦前の豊橋の街並みの写真を調べた。昔の下地の酒屋の写真はすぐに見つかった。格子戸をめぐらせた商店の屋根に、銘酒の立派な看板が架かる。前掛け姿の従業員たちが、笑顔で店頭に整列している。敷地の奥には白壁の土蔵も見えた。確かに大きな酒屋だ。

「今晩、お父っつあんがお客さんを連れて家へ来るからね。お酒買ったら道草しないで、すぐ戻っておいでんよ」

下駄をはいた少年が、豊川沿いの道を走っている。小さな腕の中には、酒とっくりが抱えられている。角を曲がる時、古くなっていた鼻緒が切れて、少年はつまづいて転んでしまった。酒とっくりが宙を舞い、舗道の縁石に落ちてぱりんと割れる。吉田の銘酒が台無しだ。

「どうしよう。母ちゃんに怒られる」

やけくそになった少年は泣きながら、とっくりのかけらを川に投げ入れる。涙と鼻水を、何べんも着物の袖でぬぐう。家に帰るのが怖い。夕闇に包まれた時刻になってようやく家に戻った少年は、親からこっぴどく叱られ、また泣いたに違いない。

この一年で俺が変わったとしたら、豊橋の街を見る目が変わったことだろう。額《ぬか》ビル（現カリオンビル）の前を通る時は、空襲で周囲いちめん焼け野原だった風景を想像するし、柳生橋を自転車で走る時は、川沿いに焼夷弾の炎に焼かれ横たわっていた人たちのことを考える。豊橋公園の入り口のコンクリートの歩哨小屋を目にすると、この門からグアム・サイパンへ隊列を組んで行進していった兵士たちのことを思う。

いつのまにか、生まれ育った街を自分の身体の一部であるかのように感じている。以前のように何も考えず、ただ通り過ぎることはできなくなってしまった。

俺はたぶん、このまま船頭を続けると思う。船頭に向いているかどうかは、まだ分からない。こんなこと言ってると、徳造爺さんに「一年やってもまだわからんのか、このたわけがっ」と怒鳴られそうだけど、何をやっても鈍くさく運動神経ゼロの俺には、果たして船頭という職業が合っているのか、今だに分からない。俺って運動神経だけじゃなくて、脳の方の運動神経も弱いみたいだから。

周囲からは、せっかくなれた公務員の職をやめてまでやる仕事か？　船頭が将来性のある仕事か？　おまえは馬鹿かと言われる。民間会社に移ったので、当然給料も減った。二十一世紀が目の前だから、牛川の渡しだっていつまた廃止の話が湧き起こるかもしれない。未来への展望なんて、まったくない。

それでも、俺はまだ、牛川の渡しで船頭をしていたい。

早朝、下条の家を出て自転車をこぎ、渡し場に着く。船着き小屋の横に自転車を停め、作業着に着替える。今日は暖かいから、長靴じゃなくてスニーカーでいいだろう。徳造爺さんが使っていた菅笠をかぶった俺は川岸に立ち、ふわあーっと大きな深呼吸をする。川面をわたる風が気持ちいい。そして、おっかあが持たせてくれる三角おにぎりみたいな石巻山を眺め、両岸に広がる河畔林を眺める。

緑の葉をつけはじめたエノキの枝には、完璧な球形に育ったやどり木が三つ四つ浮かんでいる。俺は毎朝、船着き場に下りて行く前に、このやどり木の前で立ち止まり、心の中で願をかける。

今日も安全でありますように。みんなが幸せでありますように。神父さんや牧師さんや坊さんじゃないので、その言葉に付け加えて、俺にも幸運が訪れますようにと、つぶやくのを忘れない。

掃除用具を持って、豊川のほとりに下りていく。川の真ん中で小魚を狙っているクールな白鷺に「よっ、おはよう」と挨拶して、縄のついたブリキのバケツで川の水を汲み、護岸に水をかけてデッキブラシで掃除する。乗船客が滑るといけないから、野鳥たちの糞をきれいに洗い流す。

働く俺の顔に容赦なく春の紫外線が当たるが、日焼け止めや保湿クリームを塗る習慣はとうになくなった。アトピーは知らないうちに治ってしまった。

そうこうしているうちに、朝の太陽が徐々に高くなってくる。対岸の大村方面の船呼び板がカーンと鳴る。板を鳴らしたのは、自転車のハンドルを持って立つ、制服姿の和香だ。林の間の小道から、カバンを下げた吉川先生と空缶集めに行く浜やんも姿を現した。誰かが冗談でも言ったのか、三人は顔を見合わせて笑いあっている。

俺は作業の手をとめて、ちぎり丸に乗り込むと、ワイヤーを船のフックに付け替え、渡船の準備をする。岡田式ワイヤーの赤い滑車が青空に反射し、シューと軽い金属音をたて、ちぎり丸と一緒についてくる。

これが俺の大好きな風景だ。定員十一名の小さな船だけど、一度、乗ってみないか？　五分で終わってしまう船旅だけど、川べりの風景は気持ちいいし、空気はうまいし、何より船頭の棹さばきが上手い。

牛川の渡しは、二十一世紀になっても、ミレニアムが来ても、たぶんなくならないと思う。いや、絶対になくさない。

護岸に船を寄せて、三人の乗客を乗せる。棹をぐっと川底にさし、進行方向へ二、三歩歩く。徳造爺さんに教えてもらった船の動かし方だ。

「今日もいい天気になりそうっすね」

そう言いながら舳先に移動したら、野鳥たちの糞がついていたのか、スニーカーのかかとがつるっと滑った。

わあーっ。

棹を握ったまま、空中に投げ出された。瞬間、驚いて目を丸くする三人の顔が視界に入った。

ぱっしゃーん。

川のしぶきとともに、俺の船旅はまだまだ続く。

初出　東海日日新聞　二〇一九年十一月十二日〜二〇二〇年六月二十一日

本作品はフィクションであり、実在の個人・団体とは一切関係がありません。

本書を書くにあたり、荒津圭伺さん、水藤之資さん、安藤直行さんにお話をお聞きしました。新聞連載にあたり、東海日日新聞社の白井収さん、森美香さんにお世話になりました。また素晴らしい挿絵を描いてくださった社本善幸さんに感謝申し上げます。

**参考資料**


郷土のしおり牛川　牛川文化協会・発行
豊橋市校区史（牛川・大村・下地）
穂国のコモンズ豊川　森と海をつなぐ命の流れ　松倉源造・著
豊橋の民話「片身のスズキ」　豊橋市図書館・発行
豊橋空襲体験記　豊橋空襲を語り継ぐ会・発行
歩兵第十八聯隊史　兵東政夫・著　歩兵第十八聯隊史刊行会・発行
戦火のラブレター　水谷眞理　竹内康子・編　これから出版
日本軍兵士　アジア・太平洋戦争の現実　吉田裕・著　中公新書
TOKYO 0円ハウス0円生活　坂口恭平・著　河出文庫
戦前の豊橋　豊橋空襲で消えた街並み　岩瀬彰利・著
「船頭さん」　武内俊子・作詞　河村光陽・作曲

## 住田真理子

一九六一年、兵庫県伊丹市生まれ。大阪府堺市、兵庫県西宮市で育つ。甲南大学文学部卒業。フリーライター。阪神大震災を機に、西宮市から愛知県豊橋市へ一家で移住。二〇〇九年より大阪文学学校で小説を学ぶ。二〇一四年より「あるかいど」同人。二〇一七年「ハイネさん　豊川海軍工廠をめぐる4つの物語」を出版、同書で第二十一回日本自費出版文化賞（小説部門）を受賞。二〇一八年豊川用水通水五十周年記念演劇「迸《ほとばし》る!」（城田文孝演出）原作を担当。二〇一九年「ハイネさん　豊川海軍工廠をめぐる物語」が市民朗読劇（構成・演出　深作健太）として上演される。

# 公務員船頭

## 牛川の渡し物語


二〇二〇年八月三十一日　第一刷発行

著　者　住田《すみた》　真理子《まりこ》





発行者　水谷　眞理

発行所　これから出版

〒四四一・八〇五二

愛知県豊橋市柱三番町七九

株式会社東雲座カンパニー

☎〇五三二・四七・〇五〇九（出版部）

印　刷　共和印刷株式会社





Printed in Japan

ISBN 978-4-903988-10-8-C0093